STAMP BOOKS

飛び込み台の女王

マルティナ・ヴィルトナー 作
森川弘子 訳

岩波書店

ロッタとほかのすべての人びとのために

目次

おもな登場人物

ナデシュダ(ナージャ)・ミュラー……主人公。飛び込みに打ち込む体育学校の七年生
カルラ・ヤーン……ナージャの親友。「飛び込み台の女王」と称されている
ママ……ナージャの母親。ロシア人
キリル……ナージャの兄
イヴォンヌ……カルラの母親
インゴ・クルーゼ……イヴォンヌの恋人
イザベル……ナージャとカルラと同じ飛び込みコースの生徒
アルフォンス……ナージャの二年先輩にあたる男の子
シェンク先生……飛び込みのチーフコーチ

カバー画　ミナリースク

飛び込み台の女王

カルラが飛ぶ

わたしたちはそれを「ショータイム」と呼んでいた。本当にそうだったから。けれども、「ショータイム」はせいぜい一夏に一回か二回だった。そういうとき、わたしたちは屋外プールのあたたかいタイルに寝そべって、ほかの人たちが飛び込むのを眺めながら、機が熟するのを待った。そして、ときをのがさず出動した。いつも同じ水着、同じ順番で。まずわたしが飛び込む。そのあとでカルラが飛んだ。わたしの演技に感心した人もいるかもしれない。けれども、カルラは見ている全員を沈黙させた。荒っぽいロシア人や、うぬぼれたボディービルダーでさえ、ぽかんと口をあけた。

夏休みのはじめにイタリアのボルツァーノで二週間の合宿があった。屋外練習にうってつけのすばらしい場所で、いつもの屋内練習とは大違いだった。飛び込み台にあがるたびに、まわりの山なみを見わたし、太陽と風を肌に感じた。わたしは日に焼けて、まっ黒になった。

そのあと夏休み恒例の家族旅行で、トルコに一週間滞在した。トルコで夏を過ごす多くのロシア人の例にもれず、ママもトルコではとてもくつろげるそうだ。わたしはさらに日焼けした。すばらしい夏休みになるはずだった。それなのに、夏が終わるころには、せっかくの日焼けはほとんど消えていた。最後の三週間は雨つづきで、おまけにトレーニングもなかったので、とても退屈だった。夏休み最後の日、ようやく雨があがったので、カルラの家の呼び鈴を鳴らした。

「屋外プールに行かない？」

「今日？」カルラは聞いた。

「お日さまが照ってるよ」

「ときどき、ね」

「でしょ？　だから、とにかく、そんなに混《こ》んでないよ」

この誘い文句はきいた。カルラに対してさえも。カルラが水泳道具一式をつめこむのを待って、わたしたちは出発した。プールまでSバーン〔大都市圏で利用されるドイツの公共鉄道〕と路面電車を乗り継いで一時間近くかかった。ふつうの屋外プールはもっと近くにもあったけど、飛び込み台があるのはそこだけだ。

屋外プールはやっぱり混んでいなかった。わたしたちはすぐにプールに入った。しばらく子ども用プールで遊んだあと、巨大なウォータースライダーを何回かすべった。そして、もう十分という気分になったので、プールのまわりのタイルに寝そべった。タイルはあたたかくて気持ちがよかった。風が強く、肌寒い日だったので、わたしは凍《こご》えた体を伸ばし、タイルにぺったりくっついた。カルラは座ったままだ。カルラは一度も寒いといったことがない。

そこからは全体を見わたすことができた。ウォータースライダーも、子ども用のプールも、大人用のプールも、それから、一番大事な飛び込み用のプールもよく見えた。腕に鼻をくっつけると、大好きな塩素の匂《にお》いがした。

飛び込みを待つ列はそれほど長くなかった。太った男の子がふたりと、トルコ人の男の子がふたり、息子をつれた父親がひとりいただけだ。

五メートルの飛び込み台の上には、黒い髪の男の子が立っている。たぶん下に並んでいるトルコ人の友だちだ。上の男の子はこっけいな身ぶりをして、下の友だちに大声で何かさけんだあと、飛び込み台の先端に出ていった。けれども下を見たとたん、後ろにとびのいて顔をしかめた。友だちふたりが何かさけんだ。待っている人たちがイライラしはじめたのが、わたしにもわかった。

「おおい、いいかげんに飛び込めよ！」太った男の子がさけんだ。

「おい、友だちにいちゃもんつけるなよ」トルコ人の男の子がいった。

「寒いんだよ」太った男の子がいった。

トルコ人の男の子はそれにはとりあわず、となりの友だちをちょっとつついて、ふたりで声をあげて笑った。飛び込み台の上にいる子がまだ飛び込まないので、わたしまでイライラしてきた。下にいる太った男の子たちはほんとうに寒くなったらしく、足踏みをしはじめた。やがて、さっきの子がまた文句をいいはじめた。親子づれもおちつかなくなってきた。

そのとき、飛び込み台の下で本格的なけんかがはじまる前に、ようやく水音がした。

「やった」カルラがそういって、鼻にしわをよせた。「いいジャンプだった。まるでショーみたい」

わたしには何もいえなかった。見ていなかったからだ。

わたしたちのそばに座っていたトルコ人の女の子が、その飛び込みを見て歓声をあげた。男の子が浮かびあがって、プールのふちに泳いできた。

今度は太ったふたりの男の子の番だった。ひとりは助走をつけてネコみたいなポーズで飛んだ。もうひとりは空中で「カンフー！」とさけんだ。

父親と息子の番になると、ふたりはすぐにいっしょに三メートルの飛び込み板にあがった。一度にふたり以上あがらないことは、この飛び込みプールの一番だいじな掟《おきて》なのに！　たちまち監視員の笛がなって、父親は下におろされた。

飛び込み台の上にひとり取りのこされた男の子は板の先端に立って、数秒間とほうにくれていた。たぶん六歳くらい。水着に誇らしげなタツノオトシゴのマークが輝いている。

「あの子は飛ばない」カルラがいった。

「そう思う？」

カルラは答えなかった。だけど、カルラのいったとおり、その子は泣きそうな顔でおりてきた。父親が躍起《やっき》になって説得しようとしている。

わたしたちはあたたかいタイルに寝そべって、しばらくようすを見ていた。それからまた水に入り、ウォータースライダーをすべったり、水をかけあったりした。最後にはまたタイルに寝そべった。

その間に飛び込みを待つ人たちは入れかわっていた。トルコ人のかわりに、やせたアラビア人が三人、荒っぽい外見のロシア人数人と、ボディービルダーがひとり。太った男の子ふたりはまだ残っている。二時間前からずっと飛び込みつづけている。

「ぶつぎりのベーコン」とカルラがいったのは、太った男の子のひとりが二十回目の「ネコ」のあとで浮かびあがったときだった。

アラビア人のひとりが七・五メートルからアウエルバッハ〔後ろ宙返りの一種〕で飛び込んだ。もうひとりは、この屋外プールでは「ツカハラ」と呼ばれている方式で飛び込んだ。アウエルバッハの一種で、横向きに飛んだあと、半分ひねりのような技を入れたものだ。ツカハラはもともと体操の跳馬の側面宙返りと背面宙返りの連続技だけど、そんなことは、誰も気にしていない。けれども正しいやり方じゃないツカハラは、予期せぬ危険をはらむ。アラビア人は背中を水面にひどくぶつけて、かなり長い間沈んでいた。口をぎゅっと結んで浮かびあがってくると、悪友たちがバカなことをいってからかった。背中が真っ赤になっていたが、それでもアラビア人は元気よくまた飛び込みの列に並んだ。

「今よ！」カルラがそういったのは、下手な飛び込みばかりで、飛び込み台がすっかり冒瀆《ぼうとく》されたと判断したからだ。わたしたちは立ちあがって、飛び込み台にあがった。もちろん、ちゃんと掟を守ってひとりずつ。三メートルから一回半の宙返り・伸《の》び型《がた》、五メートルからの逆立ち飛び込み、七・五メートルからの前方二回半宙返り。そう、それが、わたしたちの「ショータイム」だった！　カルラはすべての人を魅了した！

スカウト

カルラはちょっと変わっていた。こんなふうに書くと死んじゃったみたいだけど、だいじょうぶ。死んだわけじゃない。カルラは生きている。たぶん、とても元気。ただ会えなくなっただけ。

たまたま、わたしたちは家が隣同士だった。たまたま同じ学年で、たまたま同じクラス。でも、偶然はそこで終わりだった。わたしたちがいっしょにスカウトされたことも、同じスポーツを選んだことも偶然じゃない。

スカウトってどういうことかわかる？　体育協会の監督やコーチが体育の授業を見に来ると、生徒はそれぞれの個性に応じた種目の体験コースに招待され、適性にあったスポーツを学ぶようすすめられるのだ。小柄で体の柔らかい子どもは器械体操や新体操の体験コースに招待される。背が高くて球技が得意な子どもならバスケットボール、その子が左利きならハンドボールもいい。そして敏捷《びんしょう》でしなやかな体をもつ子どもが招待されるのは、飛び込みの体験コースだ。

わたしは招待状を三通もらった。ハンドボールは左利きだから。飛び込みと新体操はスプリット〔前後開脚座〕ができたから。

ママは熱狂した。とくに新体操に。ママはロシア人なのだ。ロシア人はみんな、子どもには新体操かフィギュアスケートを習わせる。だけど、わたしにはあまり音楽の才能はないし、きらきら光るレオタードもアップにした髪型も化粧も好きじゃないのに、新体操にはそれが全部必要だった。わたしはズボンしかはかないし、髪だって短い。男の子みたいだと心配していたママはいやがったけど、わたしはむしろハンドボールがやりたかった。でも、ロシア人じゃないけど、その代わりにリアリストのパパがこういった。「ちゃんと見てごらん、ママとわたしを。ふたりともあまり背が高くないぞ」

そのときは、さっぱりわけがわからなかった。六歳半のわたしには、おとなはみんな巨人に見えた。パパとママだって。

「わたしは一メートル六十五センチ、ママは一メートル六十センチだ。おまえは敵やライバルの脚の間を走りまわりたいのか？」パパがいいたかったのは、ハンドボールの選手はたいていとても背が高いってことだ。パパはつづけた。「最低でも一メートル七十センチは必要だ。だが、おまえは決してそんなに大きくはなれない」

それなら飛び込みにしようと、わたしは思った。飛び込みというスポーツ自体はあまり知らないけれど、水は好きだし、飛び込むのも好きだ。

カルラがもらったのは、飛び込みの招待状だけだった。スプリットもできなかったのに、どうしてだったんだろう?

カルラにはとくにやりたいスポーツはなかった。それに母子家庭なので、親のサポートは期待できない。当時、わたしはカルラのお父さんのことは何も知らなかった。看護師のお母さんは交替制で働いていて、目の下にはいつもくまができていた。

カルラは小学校に入学する前の年に、アパートの隣に引っ越してきた。前に住んでいた人たちはけんかばかりしていたけど、カルラとお母さんの声はほとんど聞こえなかった。ときどきテレビの音がしたのは、カルラの家の居間の壁のうらにわたしのベッドがあったからだ。カルラはわたしと同じ番組を見ていたけど、見かけることはめったになかった。幼稚園がちがったし、夏休みにはうちの家族は旅行に出た。

というわけで、カルラとことばをかわしたのは小学校に入ってからだった。偶然、隣の席にすわったので、おしゃべりの好きなわたしから話しかけた。「わたしたち、隣同士よね」

カルラは、遠くにいる人を見るような目つきで、わたしを見た。

「いまも隣りにすわってるけど」とわたしはいった。「家のことよ」

「知ってる」

わたしはいった。「でも、まだそんなに経《た》ってないよね」

「知ってる」

「名前はなんていうの?」

「カルラ」あなたの名前は? とは、カルラは聞かなかった。

そこでわたしは自分からいった。「わたしはナージャ」

「ナージャ」とカルラはくりかえした。

「ほんとうはナデシュダなんだけど、みんなナージャって呼ぶわ」

「ナデシュダ」カルラはいった。「とてもきれいな名前」

カルラが心からそういってくれたのがうれしくて、友だちになることに決めた。

飛び込みの体験コースの招待状をもらったとき、カルラはきいてきた。「あなた、行く？」

「行く。ママがスポーツはやるべきだっていうから」

カルラは黙りこんで、ちょっと目をとじた。考えこんだときは、いつもそうだった。きっと今でもそうしていると思う。まぶたがとても薄くて、小さな青い血管が透《す》けて見える。それからカルラは目を――とても明るい色をしているのに、何色だっていえない目だってこと、もう話したかしら？――開けていった。「わたしもそうするわ」

体育協会から監督やコーチが来たことも、飛び込みにスカウトされたことも、カルラはお母さんに話さなかったそうだ。だけど当時わたしはそのことを知らなかった。うちは正反対だった。いちばん見込みがありそうな種目は何か？　数えきれないほど何度も家族会議がひらかれた。その結果、水が怖いという兄のキリル――きっと、いってるだけだと思う――もふくめて、家族全員が飛び込みに賛成した。でも、ハンドボールも新体操も論外だったのだから、議論しなくてもよかったのだ。

飛び込みの体験コースを受けるために、ママといっしょに木曜日の午後四時にプールに行くことも決まっていた。カルラは、飛び込み競技のことはわたしよりも知らないくらいだったけれど、その選択には迷いがなかった。

　カルラの髪も目と同じで、奇妙なことに何色ということができなかった。ブロンドに見えるときもあったけれど、茶色に見えたり、赤みがかって見えたり、「明るい色」といったほうがいいくらいだった。けれども、いちばん明るかったのはカルラの肌の色だ。カルラは色白で、まるで人魚のようだった。飛び込みを選んだのはたぶんそのせいだと、当時わたしは思っていた。


　わたしとカルラの会話はそれだけだった。

　ママは半日だけ手芸店で働いていたけど、三時以降はいつも時間があった。体験コースにもいっしょに行ってくれるはずだった。

　コースのある木曜日に、ママは学校まで迎えに来てくれた。カルラは十分前に学童を出ていた。カルラは一年生のなかでただひとり、入学三日目からひとりで学童に行き、そのあとひとりで家に帰っていた。たいていわたしより少し早く家についていた。大きすぎる通学鞄《かばん》を背負って、顔を伏《ふ》せたまま煉瓦《れんが》の建物から出ていくのだ。左も右も見ることなく、まっすぐ家に帰っていく。授業中もやっぱりそんなふうだった。顔を伏せたまま、カルラは先生にいわれたことを、なんでもすばやく、まちがわずに、左も右も見ずに、かたづけていった。

　通学鞄を家においたり、水着やタオルを用意したりするために、わたしたちもいったん家に帰った。

残ったパンを鞄から出してリュックにつめこんでいると、ママがいった。「ちょっと、大丈夫？　泳ぐ前に食べちゃだめよ！」

「泳がないわ、飛び込むの」わたしはいいかえした。

ママは拒絶するように手をふった。ドイツ語で気のきいた返事ができない時ママはいつもそうする。

突然呼び鈴が鳴った。走っていって開けると、カルラが立っていた。背中のナップザックからタオルがのぞいている。「よかったら、いっしょに連れていってもらえませんか？」

ママは好奇心を刺激されたようだった。「あなたもいっしょに体験コースに行くの？　ナージャは何もいわなかったわ」ママはそういうと、カルラのお母さんがここにいないのはなぜ？　どうにかできなかったの？　とばかりにわたしをにらんだあとで、すぐにその質問を口に出した。「それじゃあ、お母さんはいっしょに行けないの？」

カルラは首をふった。「忘れたんだと思います」

ママはとても情が深い。すぐに巨大な同情の波に飲みこまれてしまった。「もちろん、なんの問題もないわ。連れていってあげる。だけど、その前にお母さんに電話しなくていいの？」

「もう電話しました。一緒に連れてってもらったらっていいました」

わたしたちはカルラのいったことを信じた。あるいは、信じたかった。そういうわけで、カルラはわたしたちと一緒に行くようになった。

「プール」は数え切れない数の平面で構成された巨大な建物だった。平面と平面は一部はエレベーターで、一部は階段で結ばれていたが、そのせいで全体の構造はわかりにくくなっていた。しかも、その建物は空に向かってそびえているのではなく、地下に向かって深くほられていた。ターコイズブルーの塩化ビニールを貼《は》った廊下が果てしなくのびていた。何もかもが新しく、合理的で、殺風景《さっぷうけい》。

最初に一般の利用者用の区域があり、そこには五十メートルのコースと、子ども用と幼児用のプール、それにリハビリ用プールがあった。階段を一階分おりると、競泳用の大きな五十メートルのプールと飛び込み台のある正方形の飛び込み用プールがある。すべての高さがそろっている。つまり、三メートルの飛び込み板と五メートル、七・五メートルと十メートルの飛び込み台がすくなくとも二つずつ。そしてプールの反対側には一メートルの飛び込み板が六枚。どれも廊下とおなじターコイズブルーだ。

こんな説明、退屈じゃない？　でもこのプールがそのとき以来数年間わたしたちの生活の中心になったのだ。

最初の日は何もわからなかった。どのプールがどこにあって、どういう位置関係なのかすら。三回プールに通ったあとでようやく、更衣室から陸トレ(陸上トレーニング)室への道をおぼえた。

初日のわたしたちはそこまでいっていない。ママとカルラとわたしは更衣室を見つけたばかりだ。その更衣室にしても、とてもたくさんあった。スポーツ連盟共通の更衣室は正確には十八あり、やはりターコイズブルーの廊下で結ばれていた。使うようにいわれた十二番の更衣室は満員だった。十一番と十番もやはり満員だったので、けっきょく九番の更衣室を使うことになった。そこにも水着の少女がたくさんいたけど、いくつかあいているロッカーがあった。カルラはぐずぐずしないで、毎日通っているみたいに手なれたようすで、さっさと先に着替えてしまった。けれどもカルラはロッカーを使うための二ユーロ硬貨は持っていなかったので、ママがカルラの着替えもいっしょにわたしのロッカーに入れてあげた。それはそのあとずっと、最後までつづいた。カルラとわたしはできるかぎり一二九三番のロッカーを使うようにしていた。隅にあって、ほかの人の邪魔にならなかったから。六歳半の少女は、当然ながら、至る所で人の邪魔になるのだ。年上の女の子たちが更衣室で泳ぐ前になぜか防臭スプレーをしているようすに、わたしは圧倒された。だけど、一番印象に残ったのは、彼女たちが水着を二枚重ね着していたこと。理由がまったくわからなかった。

着替えのあと、飛び込みプールまで行くのにとても時間がかかった。いくつもいくつもターコイズブルーの廊下を通りぬけ、いやというほどたくさん歩いたあとで、ようやくたどり着いた。すると、ブロンドの若い女性コーチが、親御《おやご》さんは観客席に行ってくださいといった。更衣室も廊下もとてもあたたかかったので、ママはもう汗びっしょりだった。「なんですって？　また上まで戻るんですか？」ママは絶望的なようすでそう質問した。けれどもそのコーチは頑固だった。「ご両親はプールのそばにいてはいけません」

そのとき、もうひとり、すこし年配で、やはりブロンドの女性が近づいてきた。飛び込みのチーフコーチだ。なぜかわからないが、すぐにそうだとわかった。彼女はわたしにおじぎをしてから握手した。「名前は？」

「ナージャ」

ママはそうしなければならないような気がしたのか、招待状を差し出した。「ほんとうはナデシュダといいますが、みんなはナージャと呼んでいます」ママは熱心にそういった。

チーフコーチはわたしをちらっと見ていった。「それじゃあ、ナージャと呼びましょう。そして、こちらは……？」チーフコーチは今度はカルラにおじぎをした。

「カルラです」わたしが代わりにいった。カルラは招待状を持ってきていなかった。

「ああ、あなたなの！」チーフコーチの目に光が宿った。わたしは不思議だった。だってカルラは、スプリットもできなかったのに。

そのあと、もうひとりブロンドの女性コーチがやってきた。たぶん全員ブロンドなんだと、わたしは思った。きっと塩素がたくさん入ってるプールのせいだ。けれども、あとになって、その仮説は放《ほう》棄《き》した。コーチたちは全然水に入らなかったのだ。

わたしたちは、体験コースに来ていたほかの子どもたちについて行った。ママは手をふりながら「楽しんできてね！」とさけんだ。数分後、ママは上の観客席に姿をあらわして、またわたしたちに手をふった。飛び込みプールを見まわすと、飛び込み板では少し年上の子どもたちが頭から飛び込む練習をしていた。飛び込み台では、もっと大きな子どもたちや若者や大人がトレーニングしていた。でもほんとういうと、そのときは何もわかってなかった。わたしが今こう書いているのは、いつもそうだから。あのときもきっと同じだったにちがいない。

わたしたちが参加した体験コースは次のようなものだった。まず、わたしたちはプールのコースを泳いだ。飛び込みをするにしても少しは泳げた方がいい。それから飛び込み台の下の平らな台の上に腰をおろした。すると、コーチが水に飛び込むときの正しい腕の形を見せてくれた。片手でもう一つの手をつかんで両腕を頭の上に伸ばす。このとき両腕は耳の後ろになければならない。これはとても重要なの。そうコーチはいった。最後にわたしたちは全員数回ずつ一メートルの飛び込み板から飛び込んだ。ひとりの少女は飛び込む勇気が出なかった。カルラはそのときからもう目立っていた。蠟燭《ろうそく》のようにまっすぐに水に飛び込み、ほとんど水しぶきをあげなかったのだ。そのあともカルラは同じように飛んで、まぐれではなかったことを証明した。ほかの少女たちも次々に飛び込みに成功したし、わたしも何とか飛び込めたので、チーフコーチは満足した。チーフコーチはシェンク先生といった。

「すばらしかったわ」といいながらシェンク先生は十五人の少女たちをそばに集めた。残りの六人はそのまま立たせておいた。「あなたたちはここに通うことができます」シェンク先生は選抜した十五人に向かってそういった。「トレーニングは火曜日と木曜日の午後四時から六時までです」

それで終わりだった。シェンク先生は保護者が記入するための書類をくれた。

カルラは満足していた。わたしもうれしかった。わたしたちは選ばれたのだ。

ここまでは六年前の話だ。わたしたちはあれ以来ずっと飛び込みの練習を重ね、二年前にスポーツ・エリートのための体育学校に進学した。「体育学校に入るかどうかで人生が決まるわ。十歳でもう職業をもつことになるんだから」とママは力説した。ロシア人であるママには体育学校イコール安定を意味した。ママはドイツの教育制度には懐疑的《かいぎてき》で、わたしにはスポーツ・エリートのための学校が一番あっていると思っていた。パパはあまり熱心じゃなかったけど。

わたしにはあれこれ考える必要はなかった。四年間飛び込みの練習をつづけた後では体育学校に行くのが一番自然な進路だった。飛び込みのない生活も、カルラのいない生活も考えられなかったし、同じ年齢の少女たちより飛び込みが上手なことははっきりしていたのだから。

そう、普通、体育学校に行くためには、四年間の訓練をうける。飛び込みコースの生徒たちは四年目の年の終わりには、四つの基本的な飛び込み方法のほかに、三メートルの飛び込み板からの前宙返り二回半と、スイス倒立をしっかりマスターしなきゃいけなかった。最初の十五人のなかには、一メートルの飛び込み板から足を伸ばして飛び込むことすら難しそうな子どもが数人はいた。一年後に残った八人は宙返りができるようになっていた。脱落した理由はさまざまだったが、だれもがある日突然練習に来なくなった。そのことをわたしたちが知るのは、しばしば数週間以上たってからだった。最後にわたしたちはたった三人になった。カルラとイザベルとわたし。ロージはあとから加わった。

プールに水がない

わたしたちは七年生になった。最初の登校日の授業のあと、いつものようにカルラといっしょにキックボードでプールに行った。学校からプールまではあまり遠くなかったけど、キックボードは速いし実用的だ。プールの建物の長い廊下も音を立てずに転がってくれるし、折りたためばロッカーにしまうことも、手に持ってSバーンに乗ることもできる。カルラはいつでも少しだけわたしの後ろを走った。彼女のキックボードはわたしのよりもぼろでガタガタしていた。

わたしはもともとトレーニングがあまり好きじゃなかった。

プールに着いたのでブレーキをかけると、後ろからカルラがぶつかってきた。カルラは飛びおりて、鼻息荒く「気をつけてよ！」といった。追突事故はほとんどいつも後ろの車に責任があると、パパがまえに説明してくれたことがあった。わたしは「どうしてわたしが？」といいかえして、自動ドアのボタンを押した。

カルラは肩をすくめただけで、キックボードを押してなかに入ったが、すぐに足をとめて、おどろいた顔であたりを見まわした。

「どうしたの？」わたしは聞いてみた。さっきの小さな追突事故にはもうふれなかった。カルラは何かに気をとられていた。

「いつもと何かちがう」カルラは答えた。

わたしは首をふった。何もかも同じだった。わたしたちはプールのロビーを通りぬけて自販機に向かった。わたしはいつもそこでお菓子を買って、カルラといっしょに食べた。カルラはお金を持っていなかった。わたしは一ユーロ硬貨をいれて、五十三番のボタンを押した。自販機がうなりはじめ、ガラス板の向こうでらせん型のバネが動きはじめた。わたしはキットカットを選んだ。ふたりでわけやすいからだ。

けれどもその日、キットカットは引っかかってしまった。わたしはガラス板をたたいて、「ちゃんとやりなさいよ！」と自販機をののしった。もう一度ガラス板をたたいたあと、お釣りの返却口をさぐってみた。何もなかった。当然だ。カフェテリアの係員に、お菓子が引っかかったと言いに行くべきなんだろうけど、わたしは一度も行ったことがない。自販機が「今日はだめ」といった時には、そのまま受け入れるようにしていた。

「ほら」キットカットが出てこなくて、がっかりしたカルラはいった。「何かが今日はうまくいってないのよ」といった。

自販機がものを売ってくれなかっただけで、そんな結論は出せない。わたしはそう思った。自販機にだってその気になれないときはあるはず。

そのときイザベルがやってくると、挨拶《あいさつ》もせずに「もう見た？　水がないのよ！」とさけんだ。

「どこに？」

「プールよ。飛び込みができないわ」

「どうして？」カルラはすっかり混乱していた。

イザベルはそのときにはもうロビーから観客スタンドにつづくドアまで駆けあがっていた。わたしたちはイザベルのあとにつづいた。イザベルが勢いよくドアを開けると、あたたかな空気の大波に飲みこまれた。プールのあるホールの気温は三十度以上ある。下を見ると、飛び込み用プールがあった。深さは五メートル近くあり、明るい青色のタイルが貼《は》ってある。けれどもそれは空っぽでゴビ砂漠のように乾《かわ》ききっていた。まちがって落ちる人がいないように、赤と白の遮断《しゃだん》テープまで貼ってある。

「でも、どうして、空っぽなの？」カルラが口ごもりながらいった。わたしたちはじっと下を見つめていた。知らなかった。こんなに深かったなんて！　タイルが数枚はがされ、プールから上がるための手すりも取り外されている。空っぽのプールは悲しそうだった。

イザベルは肩をすくめた。「もしかしたらトレーニングもないかもね」

そうだったらいいのに。

「だけど、休みならきっと知らせてくれてるはずよ」カルラがいった。

「受付できいてみたほうがいいかもしれないわ」イザベルはそう提案するとリュックをしょった。

わたしたちは観客スタンドからおりた。

「修理中」窓口の女の人がいった。「二週間したら、水が入ります」

「それまで、どうなるの？」カルラが質問した。今ではすっかり絶望したようすだ。窓口の女の人は自信なさそうに「でも、あると思います」といった。どうもトレーニングのことらしい。

カルラは肩をいからせて先に立って歩いた。わたしたちはいつものように九番更衣室に入って、いっしょに一二九三番のロッカーを使おうとした。ところが、ロッカーは使用中だった。

「見て」とカルラがいった。「何かがおかしいって、さっきいったでしょう」

「予言までできるわけ？」イザベルがツンとしていった。カルラとイザベルはとても仲がわるい。

イザベルが一方的にひどくカルラをねたんでいるのだ。

イザベルはなぜか口をぱくぱくさせた。おそらく、嫉妬心《しっとしん》をおさえるためだろう。それからいった。

「ねえ、知ってる？」

「なにが？」わたしは聞いた。わたしはいつもふたりの仲を取りなすようにしている。それにこういう時に話題を変えるのは大歓迎だった。

「三人の気の狂った人のジョークよ、つまり……」

その瞬間、ドアが開いてロージが入ってきた。ロージは二年前まで器械体操をしていた。飛び込みにはまだ慣れていないので、試合のときはわたしたちより点数が低い。でも、このころはあまり気にしていなかった。体育学校で器械体操から飛び込みに変更するのはけっこうむずかしいのだ。このまま残れるかどうかは、今年決まることになっていた。

「こんにちは、ロージ」イザベルがいった。イザベルはロージが好きだ。試合で負けるおそれがないから。「ねえ、いい色に焼けてるわね。合宿のあと、ずっとイタリアにいたの？」

ロージは半分イタリア人で、本当はロザリアという名前だった。けれどもロザリアと彼女を呼ぶ人は一人もいない。お母さんは、有名なイタリア人飛び込み選手のジョルジオ・カニョットを個人的に知っていた。「ねえ、見た、水が……」

「ええ、見たわ。わたし、あなたがうらやましい」

「わたしが？」ロージはびっくりした。

「わたしを見て。三週間もバルト海にいたのに、これよ」イザベルはロージに少し赤みがかった背中を見せた。イザベルの髪はとてもきれいなブロンドだけど、顔はあまり美しくない。瞳《ひとみ》の色は青で、わたしの趣味からいえば、少し目と目の間が近すぎる。

「ねえ、イザベル、さっきのジョークを教えてよ」わたしがそうたのんだのは、なかなか日に焼けないというイザベルの愚痴《ぐち》をそれ以上聞きたくなかったからだ。いつも長々と愚痴をこぼしたあとで、これ見よがしに長いブロンドの髪を揺らす。そうなると、その場にいた人は口々に「だけど、あなたにはそんなにすばらしい髪があるんだから」なんていうはめになるのだ。

「それじゃあはじめるわよ。そのとき十メートルの飛び込み台から気の狂った三人が飛んだの……」

「ちがう、そうじゃない」ロージがさえぎった。「最初に飛んだのは一人だけ。しかも十メートルの飛び込み台からじゃなかった」

「ちがうわ。三人だったのよ……するとコーチがいったの……」

「三人にはコーチはいなかった」ロージがいった。

「そんなによく知っているんなら、あなたが話してよ」

「ジョークなんか話せないわよ」ロージがいった。

「それなら何度もじゃましないで。それで……」今度はイザベルは自分でジョークを中断させた。

「どんな話だったか、忘れちゃった。覚えてるのは、プールに水がなかったってことだけ」

「はっは！」わたしは笑った。

ロージはクスクス笑い出した。「それはよかった。いちばんいいのは、台無しになったジョークよ」

ロージがクスクス笑いつづけるうち、イザベルも笑いはじめた。けれどもわたしはあまり面白くなかった。カルラがその会話の間ずっと黙ったまま、ロッカーの前に座りこんでタイルを見つめていたからだ。わたしは急いで水着に着替えて、カルラを軽く押した。「さあ、行こう」


カルラとわたしは、たくさんのガラスのドアで仕切られたターコイズブルーの長い廊下を先に立って歩いていった。イザベルとロージがあいかわらずクスクス笑いながらついてきている。

陸トレは専用の部屋で行われる。そこには踏切板とトランポリンと立方体の発泡スチロールがつまった飛び込み穴があった。わたしは陸トレ室が好きだ。そこにある器械類も、ホールの匂《にお》いも好きだった。リュックを降ろすとすぐにシェンク先生がやってきた。ロージはリュックを投げ出すと、踏切板に走っていって、側転とバク転をした。さっきいったように、ロージは器械体操出身だ。

「お帰りなさい、夏休みは楽しかった？」シェンク先生はそういいながら、ひとりひとりに手を差し出した。わたしは周りを見まわした。同期の男の子たちも来ていた。マーロンとティムとレオン。

男の子も三人になってしまったのだ。

　マーロンは倒立したまま歩いている。マーロンは倒立で百三十七歩も歩けるのが自慢で、いつもカルラに見せたがっている。カルラに恋しているのだ。一度などカルラに指輪をプレゼントしたが、カルラは受け取らなかった。それを見てほかの男の子たちはみんな、カルラに何かを贈ることを思いとどまった。そうしたい男の子はたくさんいたはずだ。みんな、カルラに恋をしていた。カルラは飛び込み選手にとって女王だった。ふつうの男の子にとっては完全に高嶺《たかね》の花《はな》。ましてやマーロンはふつうの男の子とはほど遠い。お兄さんがヨーロッパ・ジュニアチャンピオンだったし、マーロン自身もそうなる可能性があった。すくなくとも両親はそう期待していた。

　グループ分けがあって、わたしはイザベルとティムとレオンと同じグループになった。カルラはロージとマーロンと、あとふたり年長の男の子たちといっしょのグループだった。シェンク先生はわたしたちをいつもべつのグループに分けた。わたしとカルラがふたりだけの友情に閉じこもらないように。そして、馬鹿《ばか》なことをしでかさないように。

　最初はウォーミングアップとストレッチだ。わたしの体は心配していたほど硬《かた》くなってなかった。イザベルはいつもわたしをちらちら見る。わたしをライバルだと思っているのだ。ロージはまだライバルとはいえない。そしてカルラは――そう、カルラは格《かく》がちがうのだ。そのあとわたしたちは踏切板に行き、最後にトランポリンにあがって、かなり長い間そこで跳びはねた。わたしはトランポリンが好きだ。理由はぬれないから。最近わたしは水中で体が前よりずっと冷えるようになっていた。すっかり凍《こご》えて、ほんとうにガタガタ震えてしまうときもある。

カルラはグループの仲間といっしょに飛び込み穴に行って、さまざまな宙返りの型を練習している。わたしたちがトランポリンの上で宙返り半ひねりの練習をしていたとき、突然悲鳴が聞こえた。ちょうど飛ぼうとしていたイザベルは、練習を中断して飛び込み穴に顔を向けた。そこでは全員が金縛りになったように立ちすくんでいた。ターコイズブルーの飛び込み板が、まだ少し上下に揺れていた。びっくりして棒立ちになっていたシェンク先生がようやく穴に飛び込んだようだ。だけど、あいだに人がたくさん立っていて、わたしにはちゃんと見えなかった。イザベルがわたしの肩をつついて「ロージよ」とささやき、プール穴に駆けよろうとしたが、コーチにとめられた。そのコーチは人混《ひとご》みをかきわけてプールまで行くと、のぞきこんでいた子どもたちを遠ざけた。

「何が起きたの?」ささやきかわす声がした。わたしはカルラを見た。カルラはあいかわらず穴のふちに立っている。

それはほんとうにロージだった。シェンク先生がロージを穴から連れ出した。ロージは歩くことはできたが、恐ろしい様子だった。顔は血まみれで白いTシャツがまっ赤に染まっている。わたしは気分が悪くなったが、見ずにはいられなかった。シェンク先生はロージをベンチに連れていった。そして、ロージをベンチに座らせてから、救急車を呼んだ。

シェンク先生はわたしたち全員に陸トレ室の一番奥に行って静かにするよう命じてから、「ロージの傷は裂傷《れっしょう》です。すぐに救急車が来ます」といった。わたしたちはシェンク先生の指示どおりにした。いつも指示にしたがっていたし、体はまだ恐怖でこわばっていた。

カルラはまだ飛び込み穴のふちに立っていたのに、誰も気がつかなかった。カルラにはよくそういうことがある。教室でも通りでも校庭でも、それどころか陸トレ室ですら、存在感がとても薄いのだ。それなのに、カルラが飛び込むと、いっぺんに全員が注目する。

その時どれくらい待ったか、わたしにはもうわからない。とても長かった気がする。たぶんほんとうに長かったのだろう。ようやく救急隊員がロージを担架《たんか》に寝かせた。電話がかけられ、書類が書かれ、会話が交わされた。それからロージは運び出された。わたしたちは、何が起きたのかそれぞれ想像し、推測した。みんな、自分の見たことを口々に話した。けれども誰もが少しずつちがったことをいった。一部始終を正確に目撃した人は一人もいないようだった。

「どうなったの？」イェレーナが知りたがった。年長の子たちの仲間だ。

「ロージはアウエルバッハの練習をしていた」マーロンがいった。

「ちがう」反論したのはティムだった。「何かにつまずいたんだ。だって、アウエルバッハでどうやったら額《ひたい》にけがをする？」

「どうして、額にけがをしたってわかったんだ？」マーロンが聞いた。

「だって、血がTシャツの前についてただろう。だからだよ」

「だけど、つまずいたって頭からは落ちないよ」そういったのはレオンだった。「前宙《まえちゅう》をやろうとしてたんじゃないか」

「前宙？　そんなのとっくにできてるだろ」

議論はつづいたが、わたしはもう聞いていなかった。気分が悪くなったからだ。

やがてシェンク先生がやって来た。「今日はこれ以上練習をつづけても意味がないでしょう。ロージは額に裂傷を負いましたが、見た目ほどひどくはありません。家に帰りなさい。心配する必要はありません。ロージも二週間後には復帰できるでしょう」

そういうわけで、わたしたちは帰ることになった。のろのろと、うなだれたまま、わたしたちは静かに陸トレ室を出た。


カルラはゆっくり歩いている。不穏な一日は、まだ終わっていないと思っているようだ。

「何が起きたか見てた？」ターコイズブルーの廊下を歩きながら、カルラにきいてみた。

「もちろん」

「何が起きたの？」

「宙返り・伸《の》び型《がた》」カルラは一言そういっただけだった。カルラのこういうところは頭に来る。どうして「ロージは宙返り・伸び型の練習をしてて、頭から板にぶつかったのよ」とはいえないんだろう？

「気分が悪い」わたしはいった。

カルラは眉《まゆ》をあげた。「どうして？」

わたしたちは着替えをした。イエレーナがロシアのキャラメル・キャンディをくれた。イエレーナの両親はロシア人だ。わたしが断わると、カルラがかわりに二つ受けとった。二人でSバーンの駅に行き、電車に乗り込むと、カルラがいった。「わたしいったよね。今日は何かがおかしいって」

けれどもその日はまだ終わっていなかった。十三階建てのわたしたちのアパートの前に立ったとき、カルラが家の鍵《かぎ》を探しはじめた。リュックのサイドポケットに手をつっこんで、その中を何度も一番底まで調べたあげく、リュックの中と上着のポケットも探した。「鍵を忘れたみたい」

「それじゃあ、うちにおいでよ」わたしは提案した。

「でもママが帰ってくるのは十時半なの。今日は遅番《おそばん》だから」

「うちに泊まったらいい。お母さんにメールしたらいいよ」

「わたしの携帯、チャージが切れてるから〔ドイツの携帯電話は料金をチャージして使うプリペイド式が主流〕」

カルラの携帯電話はたいていの場合そうだ。ちゃんとチャージされてるのは、一年のうち、せいぜい二週間ぐらい。しかも、カルラのお母さんはそういうことには気がつかない。スポーツ用の水着すら買ってやろうとしないのだ。去年までカルラはC&A〔ドイツのファストファッションブランド〕の水着を着ていた。C&Aが悪いわけじゃないけど、本格的な水着ってわけでもない。そして、まじめに飛び込みの練習に通っていれば、水着を買いに行く時間などない。そういうわけで、クリスマスやカルラの誕生日には、いつもママが水着を買ってあげていた。ただ携帯が使えないのは、カルラのせいでもあった。たとえ料金がチャージされていても、バッテリーが空っぽなのだ。

エレベーターに乗ると、料理の匂いがした。エレベーターはガタガタ揺れてわたしたちの階にとまった。ところが、わたしの家のドアに向かうと、カルラがためらった。

「どうしたの？　どこかほかに行きたいところがあるの？」

カルラは肩をすくめた。

「わたしの携帯からメールする？」わたしはいった。

カルラはうなずいた。この時、今日のカルラは変だな、何かあったんだろうかと思ったけど、それ以上立ち入るのは難しかった。カルラはときどき変になる。わたしはときどき自分に聞いてみる。カルラはほんとうにわたしを友だちだと思っているんだろうか？　わたしはカルラにとって大事なのか？　わたしにとってカルラはとても大事な友だちだ。だけど、カルラにはそもそも飛び込み以外に重要なものがあるんだろうか。それに答えるのは難しかった。

悪魔のタトゥー

ママがいた。兄さんも。キリルはギムナジウムで一年飛び級したばかりでお高くとまってて、わたしとはめったに口もきかない。いかにもロシア人らしく、チェスがかなり上手だ。カルラとわたしを見ると、すぐ部屋にひっこんだ。

「また、髪をとかしてない」ママは開口一番そういった——ママはわたしの髪を見るたびにいきりたつ。いくらいってもわたしがいうとおりにしないからだ——あとで、ようやく、ためらいがちに台所の戸口に立っていたカルラに気づいた。

わが家を居心地がいいという人は多い。ロシア系家庭のイメージ通りだからだろう。壁にはロシアの風景画がかかっているし、いたるところに手織りのパイル絨毯《じゅうたん》が敷《し》いてある。だけど、わたしにとってわが家は「せまい」の一語につきる。ただでさえせまい子ども部屋をキリルと共有しているだけでも苦痛なのに、子ども部屋に関してわたしには発言権がまったくない。だから、わたしの大きらいなチェスの、ぞっとするような写真ばかり部屋中に貼《は》ってある。けれども、そんな子ども部屋にもひとつだけ長所があった。カルラの家の居間と壁をはさんでとなりあっていることだ。

「カルラ、かわいい子！　久しぶりねえ！」ママがカルラにあいさつした。「おはいり！　今日はいつもより早いのね。おなかすいてる？」

飛び込みのあとはいつも腹ぺこだけど、今日はちがった。欠点も色々あるかもしれないけど、ママはシェンク先生をべつにすれば、カルラからほほえみを引きだせる、ただひとりの大人だ。

「こんにちは、ミュラーさん」カルラはそういうとママに手を差しだして、ほほえんだ。

「ねえ、どう思う」わたしはいった。「ロージが事故にあったの」

「ええ？　ロージが？　ああ、あの子ならありうるわね」ママはときどき信じられないほど残酷になれる。事故を自然淘汰《しぜんとうた》の一種とすら見なしていた。

「倒立から伸《の》び型《がた》の宙返りをしてただけなのよ」その事故がなにも難しい技の練習中に起きたのではないと、ママにもわかってほしかった。

けれどもママはロシアのことわざを使って冷たく答えただけだった。

「なんの話？」わたしはとぼけてみせた。そうするとママが腹を立てるのを知っていたからだ。「神様と愚か者？」

「愚か者には神様に祈らせなさい。そして額《ひたい》をぶつけなさい」ママはドイツ語でくりかえした。

「ママ！　ロージは全然悪くないの」

「でも、しっかりしているとは、とてもいえないわ」

何をいっても無駄《むだ》のようだったので、話題を変えることにした。「ママ、お願いがあるの。今夜カルラを泊めていいかしら？　家の鍵《かぎ》を忘れたのに、お母さんは十時半にならないと帰らないんだって」

「ああ、もちろんよ、カルロチュカ。いつでも泊まっていいのよ」

「少し様子を見てみます」カルラはいった。

「だけど、ほかに当てがあるの？」わたしはきいてみた。「お母さんが帰るまで、起きて待ってるつもり？」

「様子を見て決めるわ」

いったいカルラはどうするつもりなんだろう！　わたしはいつも九時にはベッドに入って、すぐ深い眠りに落ちる。六時半まではぐっすりだ。その間に世界が終わったとしても気づかない。

まだそこまでおなかは空いていなかったので、鞄《かばん》から文房具をひっぱりだして消しゴムやノートの表紙を見せあった。そのあと、キリルの古いゲームボーイで少し遊んでいると、おなかがぐうぐう鳴りだした。

ママはあまり料理が上手ではない。ときどきおいしくてほめると、たいていカーチャおばさんの手料理だった。今日もそうだ。わたしたちはふたりともペリメニ〔ロシアの水餃子〕を二皿もたいらげた。

キリルはなかなか夕食に出てこなかった。ママは七回も呼んだ。うちでは四回目から、ママが大声でわめきはじめる。七回目でようやく、子ども部屋のドアが開く音がして、キリルが足を引きずって入ってきた。

「わあ、うまそうだ」キリルはそういって鍋《なべ》のなかを見た。「なんだ！」キリルはすぐにさけんだ。

「おい、おれの分まで食うなよ」

「さっさと来ないからよ。それに、まだたっぷり十人前はあるわ」わたしはいった。

キリルはぶつぶつ文句をいいながらテーブルにつくと、ペリメニのお皿を受け取ってガツガツ食べはじめた。もちろん、量は十分にあった。

「お母さんにメールを送ったほうがよくはない？　うちに泊まるって」ママはきいた。

「できたら、ママが帰るのを待ちます」

「そんなに遅くまで起きていたら、明日、体がもたないわ」

カルラはどっちとも決められないみたいだった。でも、最後にはようやく泊まることにした。わたしは今でも、あのときカルラがなかなか泊まりたがらなかった理由がわからない。カルラにはひょっとしたら未来が見えたのかもしれない。もしも泊まっていなかったら、その後起こったいくつかのことは、別なふうになっていただろう。

こども部屋に折りたたみ式のベッドをひろげた。キリルは文句をいったけど、誰も相手にしなかった。

九時頃《ごろ》、わたしたちはベッドに入った。わたしはいつもどおりすぐに眠った。でも、めずらしく夜中の十時半に目が覚めてしまった。カルラも目を覚ましていた。たぶんずっと眠れずにいたのだろう。わたしのベッドの上のすぐそばにひざをついて、顔を壁に押し当てていた。

「何してるの？」目がちゃんと覚めてから、わたしはささやいた。そうだった、カルラがうちに泊まっているんだ。だけど、いったい何をしてるんだろう？

カルラは返事をしなかった。わたしがつつくと、カルラはびくっとしてこちらに顔を向けた。外は満月で、部屋の中はそれほど暗くなかった。

「男の人といっしょに帰ってきた」カルラがささやいた。

「だれが？」

「ママ」

「男の人って、だれ？」

「わからない」

「知らない人？」

「壁の向こうに座ってる」

カルラは穴を指さした。そうだ、穴があった。わたしたちが去年あけたのだ。わざとではなくて、小さな本棚をつけようとして、まちがって隣の部屋まで通じる穴をあけてしまったのだ。「しまった！　あとでふさいでおこう」とパパはいったけど、そのままにしてしまった。パパは忘れても、わたしは忘れなかった。穴はドライバーで簡単に大きくできた。今では、見える範囲は限られていたが、隣の部屋をのぞくことができる。穴の前には絵をかけてあったが、カルラはそこに穴があることを知っていた。

カルラはベッドに倒れこんだ。

わたしもカルラのそばにひざをついて、同じように穴をのぞいてみた。前にもいったけど、見える範囲はとてもせまい。見えるのはソファだけだったが、どうしてカルラがあんなに興奮していたのか、すぐわかった。ここから三メートルとはなれていない隣の部屋のソファに、カルラのお母さんと男の人が座っていたのだ。べつに何も悪いことはしていなかった。赤ワインを飲んでいる。男の人はイヴォンヌ——カルラのお母さんの手をにぎっていた。イヴォンヌはカルラにはあまり似ていない。髪の毛は濃い茶色だし、少し太りぎみだ。イヴォンヌは、昔器械体操をしていたことを何度も話し、カルラは自分の才能を受けついでいるといっている。それを否定するのは難しい。事実を知るカルラのお父さんは亡くなっているからだ。誰も彼のことは話さない。そして、今、イヴォンヌに恋人ができた。

「タトゥーが見える？」カルラがわたしに聞いた。

「どのタトゥー？」

「上腕よ。あれは悪魔よ」

そうだ。あのタトゥーはなにかの顔みたいだけど、あれって悪魔？

「彼は悪魔よ」カルラが主語を変えた。わたしは眼《め》を細めて、タトゥーをちゃんと見ようとした。タトゥーの主《ぬし》はとても感じが良さそうで、イヴォンヌにぴったりの相手に思えた。

「もうママとは話をしない」カルラがいった。カルラは冗談でそんなことはいわない。

「もしかしたら、仕事で知り合っただけかもよ」わたしは試しにいってみた。

カルラは「フン」といっただけだった。

それから、ベッドをおりると、何もいわずに、折りたたみベッドに横たわって毛布を顔にかぶった。わたしも横になって、しばらく、向こうの部屋のイヴォンヌと男の人の声を聞いていたが、話の中身はわからなかった。そのあと、わたしは眠りにおちた。

翌朝おきていくと、カルラはもう台所に座っていた。ママがカルラに、何かしつこくいいきかせている。「おはよう」わたしはそういって台所を通りすぎると、洗面所に行った。朝ご飯のときも、学校に行く間も、昨夜の話はしなかった。

今年のクラスは転校生が多い。バレーボールの選手たちがそっくり転入してきたからだ。これまではフィギュアスケートや新体操や飛び込みの選手ばかりで、ほとんど女子だったのに、男子がふえてずっとうるさくなった。だけど、前ほど退屈ではなくなった。

午後、わたしたちはキックボードに乗ってトレーニングに行った。すこし時間にゆとりがあったので、雑誌を立ち読みしようと、路面電車の停留所に寄り道した。

すると、カルラが突然「いや！　ありえない！」とさけんだ。ひどく動揺した声だったので、わたしは足をとめてふりむいた。カルラは立ちどまって、プラットホームのずっと向こうにいた男の人を指さしていた。「あの男！」

「だれ？」わたしは眼をぎゅっと細めた。

「彼よ」

すぐにわかった。その男の人は青と白のボーダーのTシャツを着て、洗いざらしたジーンズにビーチサンダルをはき、無精髭《ぶしょうひげ》を生やしていた。感じが良さそうだ。オレンジ色のリュックを無造作に肩にひっかけている。カルラは路面電車が着いて、その男の人が乗り込むのをじっと見ていた。そのあとが素早かった。キックボードをその場において、路面電車に向かって駆けだしたのだ。

「カルラ、どうするつもり……？」

そのときにはもうカルラは路面電車の中にいて、わたしにさけんでいた。「シェンク先生には、病気だっていっといて！」

「でも……」そんなに簡単に練習をサボってはいけないのに。だってわたしたちは体育学校の生徒なんだから。練習は授業と同じ……。

ドアが閉まった。電車は手をふるカルラを乗せて、行ってしまった。

わたしは両手にキックボードを一台ずつもって道を横切った。乗って走るときにはすごくいいけど、運ぶのはほんとうにやっかいだ。一歩歩くごとに、すねにぶつかる。

道路を渡りきると、わたしはキックボードを二台ともたたんだ。それから深呼吸した。いったい何が起きたんだろう？　カルラが練習をサボるなんて、これまで一度もなかった。考えられるかぎり最悪の事態だ。むしろ数学やドイツ語の授業だったら、そんなに怒られないですむのに。シェンク先生にカルラの欠席理由を伝えるときのことを考えると、気が重くなった。

だだっ広いエントランスをひとりきりで通りぬけるのは、生まれてはじめてだ。何もかも、はじめて見るような気がする。足が鉛《なまり》のように重い。チケット売り場までが果てしなく遠く思えた。「連盟会員一枚」とやっとのことでいった。もちろん窓口の女の人は質問した。「どうしたの、今日はひとり？」

返事ができなかった。カルラは病気なんです。そういわなければならなかったのに、わたしはうなだれたまま、入場ゲートを通過した。階段をおりながら考えた。いったいなんのために、カルラはあの男の人のあとを追ったんだろう？　そんなことをしなくても、ほんとうにお母さんの新しい恋人なら、どこに住んでいて、どういう人かなんて、そのうちいやでもわかる。

着替えをするときも、いつもとちがうロッカーを使うことにした。どれにしよう？　いつも使っている一二九三から一番遠い番号はなんだろう？　長いこと考えたあとでふりむくと、反対側にもロッカーがあった。一三で始まる番号だった。わたしは一三〇四を選んだ。それ以上はなれた番号はなかった。

陸トレ室で練習をはじめるまえに、シェンク先生から説明があった。「ロージは裂傷《れっしょう》と軽い脳しんとうでした。二週間後にはまた練習に復帰します。——だけど、カルラはいったいどこに隠れているの？」先生はわたしに質問した。

「病気です」わたしはつっかえずにそう答えることができた。

「病気？」シェンク先生は理解できないという目でわたしを見た。練習時間は一秒も無駄にできない。競技会の直前だから、なおさらだ。

「来る途中でもどしたんです」

「それで、今はどこにいるの？」

わたしはカッと顔が熱くなった。「Sバーンで帰りました」

シェンク先生はわたしが落ち着いていられるよりも一秒長くわたしを見つめた。「そういうことなら、とても順調というわけじゃないけど、まあ……」

その瞬間、マーロンのお母さんがシェンク先生に軽く触れた。わたしはマーロンのお母さんが大きらいだ。なんにでも口を出すし、息子に有利な提案ばかりするし、甲高い声でしゃべる。だけど、その時だけは彼女に感謝した。シェンク先生の気持ちをそらしてくれたのだから。マーロンのお母さんはすぐに興奮した様子で、近々行われる予定の競技会の話をはじめた。マーロンのお兄さんで、ヨーロッパ・ジュニアチャンピオンのイェッセが参加する予定だけど、イタリアから来るライバルは……。お母さんがイェッセの名前を連発している間、マーロンはシェンク先生の背中にかくれて、しかめっ面をしていた。

「カルラはどこ?」ベンチにすわって、トランポリンで二回宙返りをしている年上の生徒たちを見ていたとき、マーロンがきいてきた。

「病気」

「なんの病気?」

「吐き気」

「カルラに持ってきたのに」マーロンはＤＶＤをひっぱりだした。「最近の試合の映像をコピーしたんだ」

「渡してあげる」わたしはいった。すばらしい。今夜カルラの家の呼び鈴を鳴らす口実ができた。ただし、カルラが尾行を終えて帰ってきていればの話だけど。今日のカルラの態度はふつうじゃなかった。なにが起こってもおかしくない。

「ありがとう」マーロンはそういうと、巨大な風船ガムをふくらませた。

そのとき、マーロンのお母さんがこっちを見て、甲高い声でしかった。「マーロン!　いったい何度いったらわかるの？　練習のときにはガムを出しなさい！」

「まだはじまってもないのに」マーロンはぶつぶつ文句をいいながら、ガムを口から出して、直接リュックにほうりこもうとした。

「あんた、気でもちがったの？」マーロンのお母さんが金切り声をあげた。「くっついちゃうじゃない！」

マーロンはため息をつくと、ガムを口にほうりこんで、わざとらしく飲みこんでみせた。

マーロンのお母さんはため息をついた。「まったくどうしたらいいんでしょう？　あの子ときたら横着すぎて、ゴミ箱まで行くのもいやなんです。いくらいってもだめで……」

シェンク先生は返答に困っていたが、幸い二時になって、練習がはじまった。

陸トレはいつもよりずっと長かった。飛び込みのプールには水がないのだから当然だ。でも競泳用のプールには水があった。シェンク先生は、競泳の選手たちからレーンをひとつ譲ってもらったので、スターティングブロックからと、プールのふちから飛び込む練習ならできると説明してくれた。それじゃあ水には入れるんだ。

赤と白のテープで遮断《しゃだん》されたままの、空っぽのプールのそばを通りすぎたとき、マーロンがいった。

「ここに落ちたら、どうなると思う？」

「半身不随《はんしんふずい》になるか、死ぬか」わたしはいった。そのプールは信じられないほど深く見えた。

「たった五メートルで？」となりを歩いていたイザベルがきいてきた。イザベルはカルラがいないことに気づいていたし、それが何を意味するかも知っていた。「わたしたちなら、ちょっと運がよければ、そんなにひどいことにはならないわ」イザベルはいった。「最近新聞で読んだんだけど、十一階から転落した人の命が助かったって。二十五メートル以上の高さから落ちても大丈夫だったんだって」

「そりゃ、落ちたところに藪《やぶ》があったからさ」マーロンがいった。「ぼくのおじさんは、火事のときに二階から飛び降りて死んだ人がいるっていってたよ」

「頭から飛び降りちゃ、いけないのよ」イザベルがいった。「スポーツの経験がちょっとでもあったら、そんなにひどいことにはならないっていいたかっただけ」

「だったら、試してみろよ」マーロンがいった。

イザベルはマーロンに「ばかじゃないの」という仕草をして見せた。

わたしたちが競泳用のプールについたときには、もう競泳選手たちがトレーニングをはじめていた。わたしたち飛び込みの選手とはまるでちがう体型をしている。背が高く、肩幅が広く、競泳用のキャップとゴーグルをつけていて、まるで異星人のようだ。

競泳用プールの水は飛び込みのプールよりずっと冷たかった。だから競泳選手は水着を二枚重ね着しているんだ、とそのとき思った。そのあとで、水着を二枚重ねると浮きやすくなるといううわさを聞いた。でも、もしかしたら、たんに流行《はや》ってただけなのかも。

わたしたちはプールのふちにならんで立って、順に飛び込んだ。前飛び込み、後ろ飛び込み。えび型、抱え型、伸び型。半ひねり。逆さ飛び込み、前飛び込み、後ろ飛び込み、宙返り。

ひとつ向こうのレーンでは競泳選手たちが飛び込んでいる。わたしたちとは全然ちがう。足を一歩分開けて立ち、背中をかがめ、両手を重ね合わせて、体を折り曲げている。あんな姿勢からなんて、とても飛び込めそうにない。

幸い競泳プールでの練習は二十分しかなく、トレーニングはいつもより十分早く終わった。寒かったので、シャワーを浴びた。わたしはいつもは決してシャワーを浴びない。ママはいつも腹を立てて、塩素が肌に、とくに髪に残るとつやがなくなるとガミガミいう。でもわたしは髪のつやがどうなろうが、どうでもいい。ともかく早く帰りたかった。

五分間シャワーを浴びても体があたたまらなかったので、ゼルマ――少し年上でヨーロッパ・カップ二位の選手――からボディシャンプーを借りた。水着をぬいで、シャワーの栓に引っかけてから、シャンプーをすりこみ、泡が体にそって流れ落ちていく様子をながめた。足の指が赤い。シャワーを浴びている間にどんどん赤くなっていった。みっともない。ふくらみはじめている乳房もいやだ。それは新しくて、恐ろしいことだった。それでもわたしはまだ幸運だった。運の悪い子はもっと早くから胸が大きくなる。前に一度聞いたことがあるけど、何かの競技に打ちこんでいる子どもは胸が大きくなるのも、生理がはじまるのも遅いらしい。胸が大きくなることより、生理が来ることのほうがわたしはずっと恐《こわ》い。カルラはまだ胸がない。けれどもイザベルはもう、わたしにはいいようもなく滑《こっ》稽《けい》に見えるブラジャーを使っていて、いつももったいぶった顔で脱いだりつけたりする。まるで一番大事な衣類だとでも思ってるみたい。

わたしはまだ考えている。すぐにカルラに会いに行きたい？　それともあとにする？　わたしはシャンプーを洗い流して、体を拭《ふ》いた。練習の前にお菓子を買いに行かなかったことを、Ｓバーンに乗ってから思い出した。自販機のやつ、気を悪くしてないといいけど、とわたしは思った。

頭と足の関係

家にはママしかいなかった。わたしはリュックの中身を出すと、ぬれたものを洗濯かごに入れた。タオルとショートパンツとソックスとTシャツ。待って。水着がない。

「くそっ」わたしは呪《のろ》った。

「何ですって？」ママが聞いてきた。ママはわたしが悪い言葉を口にするのがいやなのだ。キリルなら許されるのに、わたしはしかられる。そもそもキリルは何をしても怒られない。それはまたべつの話だけど……。わたしはそのときにはもう、自分自身を呪っていた。なぜなら、ママは悪い言葉以上に、物をなくすのが許せない。

「水着よ。シャワーの栓に引っかけたまま、おいて来ちゃった」

「シャワーを浴びたの？　ほんとうに？」

「そうよ。ほら、シャワーなんか浴びると、ろくなことがない。何でもかんでも忘れてくるのよ」

「その代わり、髪がつやつやになるわ。だけど、水着は困るわねえ。すぐに取りに行かないと」

「今？」わたしはびっくりした。とても疲れていたのだ。プールまで行くとどれくらいかかるか、計算してみた。今はもう五時だ。行くのに十分、プールにいるのが十分で、帰ってくるのに十分。五時半になってしまう。それにカルラの家に行きたかった。

「そうよ、今すぐ。もしかしたら、まだそこにかかってるかもしれないでしょ」

わたしは何もいわなかった。かかってるわけがない。あのプールには何も残っていたことがない。あのプールは、いや、あそこに来る人たちは、置き忘れたものならなんでも飲みこんでしまう。

「ドゥルナーヤ・ガラヴァー・ナガーム・パコーイ・ニ・ダヨト（ロシアのことわざ：愚かな頭は足を休ませない）」

「わかった、わかった、ぼんやりしてただけ……」

わたしは靴をはき、カルラのためのDVDをポケットにつっこんで、もう一度プールへの道をたどりはじめた。おかしなことに、行くたびに、道のりが長く感じられる。道路の舗石《ほせき》もポスターも、排水溝のカバーまで、わたしはすべて知っている。何もかもいっぺんに悲しそうに見えた。たくさんのコンクリート、たくさんのゴミ、たくさんの車。そのうえ、どうでもよさそうな顔をした人間がこんなにたくさん。

プールの建物も今のわたしには悲しそうに見える。いつも同じ塩素のにおい、守衛さんたちのきげんの悪そうな顔、眼《め》を赤くして疲れた子どもたち。

自販機のところに行った。「ハーイ。さっきは悪かったわね。おわびに何か買うわ」一ユーロ硬貨をいれて五十三番を押すと、今日はちゃんとキットカットが出てきた。またもやカルラのことを考えてしまった。「ひとりだから、びっくりしたでしょ」いったあとで、自販機には大人みたいにていねいに話しかけたほうがいいのか、それともクラスメートみたいにため口でいいのか考えてしまった。へんなの。

そのあと、受付の前を通りすぎなければならなかった。窓口の人たちは危険だ。いろんな人がいるけど、ほんとうに親切な人はいない。みんな人並み以上の望みを持っている子どもに八つ当たりするのが好きなんだ。いろんなチケットがあった。ひとり用、十回分、家族用、連盟会員用あるいは付添いの家族用。けれども、水着を忘れたときのためのチケットはなかった。わたしはいってみた。「シャワー室に水着を忘れました」

「気の毒に」窓口の女の人はいった。

「中に入らないといけないんです」

「そう。チケットをあげなくちゃね」

「ありがとう」

「自分の持ち物にもっと気をつけていることはできなかったの？」

こんなバカげた質問に答える気はない。

「付添いの家族用をあげるわ」それはひとりで着替えられない子どもの親のための、三十分だけ有効なチケットだった。それまでに入場ゲートを出なければならない。

できるだけていねいにお礼をいい、チケットをゲートにすべりこませて、青いランプがともるのを待った。

更衣室にはもう競泳選手しかいなかった。巨大な少女たちの間を抜けてシャワー室に急いだ。そこにも巨大な少女たちがいた。全員が裸だった。わたしは横目でこっそり、ふくれあがった乳房と陰毛を見た。なかには毛を剃《そ》っている人もいた。絶望的な気分だった。

シャワーには、わたしの水着はもうかかっていなかった。

「ねえ、そこのおちびさん、何をさがしてるの?」競泳選手のひとりがきいてくれた。

「水着を引っかけたまま忘れて帰ったんです。一時間ぐらい前に」

「ここにはないわ」その競泳選手はいった。

「そうだと思ってたんです」わたしはそう呟《つぶや》いただけで逃げだして、外の廊下で深呼吸した。シャワー室の中は暑くてムッとしていた。

「こんにちは、ナージャ!」わたしを呼ぶ声がした。

アルフォンスだ。アルフォンスはとてもハンサムだ。みんなそういう。アルフォンスは十五歳でもうヨーロッパ・カップに出場していた。もちろんイェッセのようなすばらしい成績は残していなかったけど。

アルフォンスは頭を揺らして髪をわきによせた。このごろの飛び込み選手の髪型はみんな同じだ。顔に垂れかかって邪魔にならないよう、髪をまとめてうしろで結んでいる。つまり、ポニーテールだ。こうすると、濡《ぬ》れた髪が顔に貼《は》りつかない。ぴっちりしたラルフローレンのジーンズに、あざやかな緑色のトレーニングシューズ。わたしはトレーニングキャンプの食堂ではいつもアルフォンスのうしろに並ぶようにしていたので、アルフォンスのにおいならよく知っている。何かの洗剤のにおい。キャンプが終わって家に帰ってから、スーパーにある洗剤のにおいをぜんぶかいでみたけど、アルフォンスが使っている洗剤がどれかはわからなかった。

「こんにちは」わたしは少しビクつきながら挨拶《あいさつ》した。アルフォンスが声をかけてくれるなんて。信じられない。

「カルラは今日はいなかったね」

「病気なの」

「病気？」アルフォンスはびっくりして質問した。「でも、ひどいわけじゃないだろ？」

「だいじょうぶ、もどしただけ」

「それで、きみは？」

「わたし？　わたしはもどしてはいないわ」

「ちがうよ、ここで何してるか、きいたんだよ。こんな時間に」アルフォンスはほほえんだ。

わたしは赤くなった。「シャワー室に水着を忘れたの」

「それで？」

「なかったわ」

「当然だよ。いつでも、何でもなくなるんだ。ぼくなんかもう水着を七枚もなくしたよ」

「七枚も？　数えてたの？」

「水着が七枚に、Tシャツが四枚、ショートパンツが五枚。どれも返ってこなかった」

「ひどい」わたしはいった。「それで、こんな時間まで何をしてるの？」

「事務所のパソコンでホームページをつくってたんだ」

どういうことか、よくわからなかった。

「ぼくらのスポーツ、つまり、飛び込みについてインターネットでわかりやすく紹介するのさ。できてるところまで、見せようか？」

わたしはどうにかうなずいた。ほんとうにそれしかできなかった。あのすばらしいアルフォンスがわたしに、十二歳の、十五人中八番目の飛び込み女子選手に、作りかけのホームページを見せてくれるなんて。

わたしはアルフォンスについてエレベーターの隣の小さな部屋に入った。簡素な白いデスクの上にノートパソコンがおいてあった。棚にはファイルボックスがいくつか並んでいる。壁にはありとあらゆる世界的に有名な飛び込み選手のポスターが貼ってある。カルラの写真まで。カルラは後ろ飛び込みをしている。もっと難度の高い飛び込みも、ずっと有名な選手の写真もあるのに、そのカルラの写真からは光が放たれていた。カルラは空中のどんな動きにも美と意味を与えることができる。

アルフォンスはノートパソコンのスイッチを入れ、ホームページのトップ画面を開いた。そこには、たったいま見たばかりのカルラの写真があった。

「信じられないほどすてきだ」アルフォンスがいった。

わたしは黙ってうなずいた。わたしはこれまで一度もカルラをねたんだことがなかった。今でさえ。

「どうやって彼女にこんなことができるようになったのか、誰にもわからないんだ」

わたしは黙っていた。

アルフォンスはあるボタンをクリックした。「ここをクリックすると、過去の年度の記録も見れるんだ。そして、これが世界選手権の結果」アルフォンスはまたクリックした。ほっそりしたきれいな指。スリは指の手入れを怠《おこた》らないという新聞記事を最近読んだばかりだ。なに考えてるの！ アルフォンスは手首に皮製の細いバンドを巻いている。水中でも巻いたままだ。またクリック。「今度はトレーニングキャンプ」

自分の目が信じられなかった。食堂に並んでいるわたしたちの写真！ アルフォンスの後ろにわたしが並んでいる。センスのない七分丈《しちぶたけ》のパンツにみっともないTシャツを着て。「あなたとわたしの写真だわ！」そう大声を出したとたんに後悔した。「あなたとわたし」なんて、まるで結婚したカップルみたいだ。

「そうだね」アルフォンスは声をあげて笑った。「それに見ろよ、ぼくのこの汚い日焼け。ほかの写真に変えるよ」アルフォンスはもう一度笑うと「削除」キーを押した。わたしの七分丈パンツもTシャツもほんとうにとてもみっともなかった。でも削除されたのは残念だった。

それから、カルラのたくさんの写真。ポートレートまであった。けれどもおかしなことに、ポートレートには特別な輝きはなかった。とても普通の顔と奇妙に色彩のない髪があっただけだ。カルラはちゃんとした髪型をしていない。すくなくともママはそういう。じゃあ、ちゃんとした髪型って何か、っていうと難しいけど、とにかくちがう。カルラは肩までの長さの、少しウェーブがかかった髪を、たいていはポニーテールにまとめている。でも、そのポートレートでは結ばずに肩までたらしていた。

「すごい」わたしはいった。カルラがどんなにすごいか、これでようやく世界に知らせることができる、わたしはそう思った。

「だろ、ぼくらもそう思う」

「ぼくらって？　イェッセとあなた？」

「ちがうよ、ティムとぼくだ。イェッセはいっしょにやってない」

「どうして？」

「あいつにはこんなことをする時間なんてないって」

「そうなの」

「だいたい、ぼくらみたいな一般人とは何もしたくないんだって」

「だけど、あなたたちは一般人じゃないわ！」わたしは大声を出した。

アルフォンスはにやっと笑った。「それならイェッセに、ぼくらのことをどう思っているか、きいてみろよ。もしも、拝謁《はいえつ》する機会があったらね」

両手をズボンのポケットにいれると、チケットに手がふれた。ひっぱりだして、印刷された時間とノートパソコンに表示された時間を見くらべた。「大変。あと一分で出なきゃ」

「残念！」とアルフォンスがいった。

「ええ、わたしも残念よ、またね！」わたしは走りながらさけんだ。

わたしは廊下を走り、階段を駆けあがって、チケットを入場ゲートにいれた。赤いランプが点灯した。「くそ！」わたしは小さな声でののしった。

「制限時間を過ぎたの？」窓口の女の人がうなるようにいった。あんたなんかこれまで一度も見たことがないわという口ぶりだ。

「ええ、ごめんなさい。でも、一分だけなの、見て！」チケットを見せたけど、窓口の女の人はそのときにはもっと重要な仕事にとりかかっていた。女の人がふたり、赤ん坊の水泳コースのことを質問しにきたのだ。そのあと三人の女の子たちがグループカードをもらいにきた。けれどもグループカードなんていうものはなかった。わたしはそのあいだずっと途方に暮れてゲートの奥に立ったまま、出られずにいた。最後にもうひとり、英語しか話せない人がやってきて、料金システムを教えてほしいといった。英語ができるのはわたしだけだったので通訳すると、そのお礼にやっと、窓口の女の人はわたしを通してくれた。

家についたときには六時半になっていた。思っていたよりずっと遅かった。それでも、カルラには会わなければならない。呼び鈴を鳴らすと、ひどく疲れた足取りが聞こえた。カルラのお母さんの疲れがドアごしにうつったのか、あくびをかみ殺さなければならなかった。看護師には決してなるまい、とわたしは思った。ドアが開いた。「カルラは自分の部屋にいるわ」いきなりそういわれた。たぶん挨拶もできないほど疲れてるのだ。「けんかでもしたの？」

「いいえ、そんなこと」

「あの子ったら、ひどく……」

「わたしも気づいていました」わたしは深く考えずにそう返事をした。

「そうなの。やっぱり。でも、あなたには口をきいたんでしょう？」

「カルラはおしゃべりじゃないから」わたしはいった。

「そのとおりね。おはいりなさい」

わたしは家に入った。明るい色の木製の家具が並び、壁にはダリの版画のポスターがかかっている。さんざん引っかかれた爪《つめ》とぎ用の木に灰色のネコがしゃがみ込んでいる。わたしの家とつくりは全く同じだけどもっと狭い。あまりそう感じないのは、住んでいるのがふたりだけだからだろう。しかもイヴォンヌはわたしのママより長時間働いているので、意味のないがらくたを増やすひまがない。うちでは子ども部屋がいちばん狭いけど、カルラの家ではいちばん狭い部屋はイヴォンヌの寝室になっていて、うちでは両親の寝室になっている部屋をカルラが使っていた。その部屋はカルラにちょっと似ていた。少し青白くて、あまりあざやかな色のものがない。それでもわたしの部屋の千倍もよかった。少なくともちゃんとしたイケアの家具がある。わたしの部屋にあるような安売り家具とは大ちがいだ。

カルラはベッドの上にしゃがみ込んでいた。人を寄せつけない顔つきで。

「ハーイ。マーロンがカルラにって。預かってきたよ」わたしはＤＶＤをふって見せた。

カルラの顔が明るくなった。差し出された手にＤＶＤを手わたす。カルラはＤＶＤを何度もひっくり返してながめた。まるでそうしたら録画されている内容がわかるとでもいうように。

「それで?」わたしは質問した。

「それでって?」

「何か探り出せたの?」

「あの人はあっちのどこかに住んでいる」カルラはそういいながら、あいまいに東のほうを指さした。

「それで?」

カルラは黙りこんだ。

「あの人のことを知って、どうするつもりなの?」カルラが黙っていたので、わたしは攻撃的になった。カルラの態度全体にいらいらした。カルラのお母さんには恋人がいる。それで? もしかしたら、イヴォンヌとカルラの人生がいいほうに変化するかもしれないじゃない。イヴォンヌはあんなに疲れなくてすむようになるかもしれないし、カルラと過ごす時間だってできるかもしれない。そして、そうなったら、イヴォンヌはカルラの水着を買ってくれるかもしれないじゃないの。

カルラは黙ったままだった。

「明日はいっしょにトレーニングに行く? わたし、また嘘《うそ》はつきたくない。そんなことしたら、誰もわたしのいうことを信じてくれなくなる」

「当然よ」カルラはいった。

「何が、当然なのよ? 誰もわたしのいうことを信じてくれなくなることが? そうよ、わたしは上手に嘘なんかつけない。それともヤーンおじょうさまのために学校で嘘つきの入門コースでもとりましょうか?」

沈黙はすくなくとも十五秒はつづいた。誓っていうけど、十五秒が十五時間に感じられることもある。それからカルラはいった。「当然、行くわ。それから、ありがとう」

わたしはそのときにはもう軟化《なんか》していた。カルラとけんか別れなんて、わたしにはとうていできない。カルラは飛び込み台の女王であるだけでなく女神でもあったのだ。彼女がいなければどんな飛び込みも無意味だということが今日よくわかった。

家に帰ったあと、ノートパソコンを十分間使わせてもらうために、キリルにたのみこんだ。メールを読みたかったのだ。

「十分過ぎたよ」キリルが居間からさけんでいる。あいつ、何様のつもり？　ずっとテレビの前に座ってサッカーを見ているくせに！

「十分は過ぎました。一分過ぎるごとに追加料金が必要です」

あのバカ！　けれども、いくら考えても、ほかに見たいものは思いつかなかった。わたしはパソコンの電源を落とした。

「クリスマスには、わたしもパソコンがほしい」わたしはママにいった。

「キリルが今使っているのをもらえばいいわ。キリルには新しいのを買うから」

「ありがたいこと」わたしはぶつぶつ文句をいった。

「おじょうさん！」ママはいった。「おじょうさん」と呼ばれていいことがあったためしがない。お説教の前触れだ。「すこしは感じよくするものよ！」

ぶつぶついいながら部屋にひっこもうとすると、ママがわたしの腕を捕まえた。「どうしたの？　どうしてそんなに感じが悪いの？　そもそも、今日はどうして遅くなったの？　もう宿題はすませたの？」

「はい」わたしはいった。

「なんの、『はい』なの？」

「はい。わたしはもう宿題をすませました」

「見せなさい」

「どうして？」今年からはママに宿題を見せなくてもよいと、話し合って決めていたのだ。誰もそんなことをしていなかった。

「わたしが見せてほしいの。今年は始まりからあまりよくなかったわ。どうして英語で三なんかとったの？」

「オーラルの授業でしょ」

「オーラルだって成績のうちよ。それにこれまではオール五だったわ」ママは学校の成績をとても重視している。だけど、幸いわたしはあまり勉強しなくても、いい成績がとれる。

英語の宿題ノートを取り出して、ママに見せた。ママはそれを意地悪い目つきで見たあとで、首をふっていった。「ひどい字！」

「字は関係ないのよ」

「関係なくないわ」

「ロシアではそうかもね。でもドイツでは関係ないの！」わたしはママをどなりつけた。

ママは不愉快そうに「何も知らないくせに！」とどなりかえした。

「知らないわ、ありがたいことに」

ママは唇をぎゅっと結んだ。かなり腹を立てている。「あなたはドイツで甘やかされすぎなのよ！野心ってものがないの？　必要ないんでしょうね。何でももらってるものね」

そんなのひどい。わたしは何ひとつもらっていない。わたしはそう思った。けれどもママのお説教はまだ終わっていなかった。「野心はないの？　どうして、カルラに勝とうとしないの？」

「もちろん野心はあるわ。でも、勝っても、何にもならないわ」

「そんなこと、誰がいったの？」

わたしは黙った。

「神さまの摂理《せつり》とでもいうわけ？」

わたしはふたたび黙った。ほんとうに自分には野心がないことに気づいたからだ。カルラに勝とうなんて思ったことがなかった。それに、カルラに勝つのはとても難しかった。飛び込みはどこまでやっても終わりがない。苦労して難しい技をようやくマスターして、やっとあまり怖くなったと思うと、すぐにまたシェンク先生は、もっと難易度の高い技を教えてくる。不安は増大する一方だった。

「ママにいったい何がわかるの！」わたしは大声を出した。「いくら上手になっても、あとからあとから、とてもできそうにない難しい技が押しよせてくるのよ。それなのに、どうして、カルラより上手になれなんていうの？」

「どうしてできないの？　人生ってそんなものよ」ママはそう説明して、お得意のロシアのことわざを言い添えた。深い森がどうとか、たくさんの木がどうとか。たぶん、深入りすればするほど物事は難しくなるといいたかったのだろう。

ママと議論しても意味がない。ママにもそれ以上議論する気はないようだった。気まぐれにぶちまけられたママの怒りは、あとかたもなく消えていた。

わたしは子ども部屋のベッドにしばらく寝そべったあと、壁の穴を思い出した。膝《ひざ》をついてのぞいてみたけど、昼間はあまり見えない。向こうに明かりがついているときの方がよく見える。昨日の夜、カルラのお母さんと新しい恋人が座っていたオレンジ色のソファ。今は誰も座っていない。わたしはそのソファが好きだ。座り心地がよさそう。居間だって、わたしたちの居間よりずっといい。

どこかあっちのほう

つぎの数日間は変わったことはなかった。わたしたちはあいかわらず競泳用プールのふちから氷のように冷たいプールに飛び込んでいた。学校では新しい担任に少し慣れた。キリルとパソコンをとりあい、ママと髪の長さのことでいいあらそった。パパとママは口げんかした。パパが買ってきた食洗機が台所に入らなかったのだ。

「車なんか買わずに、お金をためておけばよかったんだわ！」ママはキイキイ声で文句をいった。「もっと大きな家に引っこせてたかもしれないのよ。そしたら、この食洗機だってちゃんと台所におけたでしょうに」

その点ではママはたぶん正しかった。ほかのことでもそうだけど、ママはときどき正しいことをいう。そう、たしかにわたしには、カルラに勝ちたいという野心が欠けている。それに、カルラがいなかったあの日、カルラのいない飛び込みはどこかしら無意味だとわかった。そう、わたしは、カルラがいるから、飛び込みをやっているのだ。だから、カルラの面倒をみるのは当然だ。カルラが自販機のお菓子を食べられるように、カルラがロッカーを使えるように、カルラが水着を手に入れられるように。カルラがわたしより優れているのは神さまの摂理《せつり》なのだ。この状態はつづけないといけない。

「どうしてそんなことをいうんだ！　おまえだってあの車を気に入ってるじゃないか！」パパがいい返している。パパも正しい。ママは運転免許がないのに、パパの新しい車に夢中だ。ロシア人の女友達のなかで、ママがいちばんすてきな車を持っている。

そう、パパが石油プラットフォームの仕事について、わが家の家計にはゆとりすらあるようになった。そのかわり、暮らしは完全に変わってしまった。今ではパパは一か月のうち、二週間は家にいない。


金曜日にシェンク先生がやってきた。「今年のスカウト選手権の日程が決まったわ。あなたとカルラを連れていくつもりです」

先生は「あなたとカルラ」といった。「カルラとあなた」とはいわなかったことに、わたしはすぐに気づいた。これまでは、最初に呼ばれるのはいつでもカルラだった。それに先生はイザベルのこともいわなかった。そのすべてがおどろきだった。わたしから見れば、技術的にはイザベルのほうがわたしよりずっと優れている。だけど、競技会になるとイザベルの場合、野心が空回りして精神的に参ってしまう。その点ではわたしのほうが安定している。

選ばれたと聞いて、胸がどきどきしはじめた。カルラもほほえんだ。学校が始まってからはじめてだ。ひょっとしたら、ようやく、お母さんに恋人ができたことに慣れたのかも。

けれどもその週いっぱい、カルラはめだって元気がなかった。もちろん、陸トレがカルラの得意分野ではないということもある。カルラには水が、飛び込みが必要だった。カルラは女子のなかで最良の飛び込み選手だった。それどころか、イェッセよりもずっとすばらしかった。

わたしたちは競泳プールに向かった。空っぽの飛び込みプールのそばを通るとき、カルラはいつも目をそらす。カルラは空っぽのプールを見るのが耐えられないのだ。わたしも気味が悪いけど、カルラはひどく不安になるようだった。わたしはカルラにいった。「あのあと、あの人は家に来た？」

カルラはすぐに誰のことかわかって、暗い眼《め》でわたしを見つめた。カルラがそのことを話したくないのがわかったので、わたしはさっと話題を変えた。「今日の数学、わかった？」

「うん」カルラが短くそう答えただけだったので、わたしはあきらめた。

どうやったら、カルラのような人間と友だちでいられるんだろう？　そう思っている人だっているのを、わたしは知っている。たしかにカルラといても、あまり楽しくはない。だけど、わたしたちは何でもいっしょだ。何をしてもカルラの方が少しだけわたしより上手だけど、カルラにはわたしが必要だ。わたしがいるから、カルラはこんなにうまくできるのだと、わたしはいつも思っている。

わたしたちはふたたび競泳用のプールのふちから前飛び込みをした。カルラがやると、こんなつまらない飛び込みでさえ芸術品に見える。プールで泳いでいる競泳選手のなかでいちばんうぬぼれの強い（競泳選手は信じられないほどうぬぼれが強い）選手でさえ、ここで特別なことが起きているのは知っている。

週末はきらいだ。それでも、ママが四時まで手芸店で働く週末は、まだましだ。台所の油まみれのCDプレーヤーで音楽が聴けるから。ときには音楽に合わせて歌ったり踊ったりするけど、かならずドアは閉めておく。窓から外を見て近所の人や鳥や空の雲を観察することもある。キリルがチェスの大会に行っていたらなおいい。

けれども、家族四人がそろって家にいる週末は地獄だ。ママが台所をうろうろして、さぼっていた仕事を片づけようとする。冷凍室の霜取り、ナイフやフォークの引き出しの掃除、ユニットキッチンの食器棚のほこり拭《ふ》き。そういった仕事すべてのためにママはゴム手袋をはめている。もしかしたらママが飛び込みをうさんくさく思ったのはそのせいかもしれない。ゴム手袋もはめないなんて、ぬれるのはいやじゃないの?

キリルはわたしたちの部屋でパソコンと格闘中だし、パパは居間で新聞を読みながら休養中。ふたりとも邪魔されたくないようなので、わたしの居場所は玄関か洗面所か両親の寝室しか残っていない。ときには両親の寝室のベッドに寝そべって本を読む。だけど、そこはくつろげない。両親の寝室は内装がバラ色でわたしにはファンシーすぎるし、鏡が多すぎるし、家具の趣味だってひどい。しかもそこにいると、こんな醜《みにく》い寝室にわたしも将来暮らさなければならないのだろうかと不安になる。

少しましなのは洗面所兼バスルームだ。石けんとシェービングウォーターのにおいがする。明るい青色のもこもこしたカバーがついた便座のふたに座って、古い雑誌をぱらぱらめくってみることもある。パパの車の雑誌、キリルのパソコン雑誌、そして、ママの女性誌。わたしはそうやって車やパソコンやダイエットの知識を仕入れた。

あとは玄関だけ。玄関のロシア風ソファクッションに座って、小さな本棚に置いてあるママのロシア語の本を読もうか。ロシア語の本はとてもたくさんあって、たいてい甘い匂《にお》いの古い紙に印刷されている。ロシア語は苦手だ。ママはわたしたちをバイリンガルにしようとしたけど、わたしにかけるエネルギーは早々につきてしまった。

とても悲惨な週末になりそうな気がする。誰にも宿題がないし、全員が自由な時間を持っている。恐ろしい。天気はいいし、九月のはじめにしてはとてもあたたかい。玄関に立って、午前中はここですごそうか、それともバスルームですごそうかと考えていたとき、家の外の階段室からドアが閉まる音が聞こえてきた。あんな音を立てて閉まるドアはひとつしかない。カルラの家のドアだ。しかも、あんな音がするのは、カルラが思い切り強く閉めたときだけだ。わたしはとっさに二歩前に出て、玄関のドアを開けて外を見た。するとカルラの頭が階段の踊り場の向こうに消えていくのが見えた。一瞬声をかけようかと思ったけど、そうはしなかった。かわりに玄関の鍵《かぎ》かけボードにぶらさがっていた、わたしの鍵をつかんだ。それから携帯電話をポケットにいれて、台所にさっと顔を出した。ママはまた掃除をしている。「ちょっと出てくる」といって、「いったいどこに行くの？　いつ帰るの？」とママに質問される前に外に出た。

わたしは音を立てずに歩いた。この夏どこに行くにもはいていたビーチサンダルの靴底は、柔らかい発泡剤でできている。カルラはいったいどこへ行くつもりなんだろう？

カルラはアパートの建物を出た。閉まりそうになったドアをどうにかつかまえ、ドアに隠れてカルラの姿をさがした。カルラはゴミ収集ボックスのそばを通りすぎて左に曲がった。Ｓバーンに行く道だ。わたしはあとをつけた。

カルラは本当にSバーンの駅に向かっていた。幸い上着のポケットに定期券の入った財布があった。プラットホームは混雑していた。わたしは若者たちのうしろに立った。カルラはプラットホームのはしに立っている(わたしは見ているだけでぞっとするのだけど、カルラはときどきかかとでプラットホームのはしに立って、体のバランスをとろうとする)。カルラは上着をぬいだ。その日は暑かった。Sバーンがやってきて、カルラが乗りこんだので、わたしはべつのドアから入って、ちょうど空いていた、進行方向と反対向きの窓際の席に座った。カルラも進行方向と反対向きに座った。背中をわたしに向けて。

カルラはプールの駅で降りた。いったい何をしようとしているんだろう？　カルラも何か忘れ物をしたんだろうか？　おどろいたことにカルラはプールには向かわず「路面電車」の案内板にしたがって階段をあがり、路面電車の停留所に向かった。数日前にあの人を尾行するために電車に飛び乗った駅だ。電車がはいってきた。わたしはあわてて通りを横切って、どうにかカルラと同じ電車に乗りこんだ。カルラが窓際の席に座ったので、わたしは見つからない場所に立った。

電車が繁華街から出てしまうまでに、わたしからはカルラが見えるけれども、カルラからは見られない席にうつった。路面電車の単調な振動音を聞いていると眠くなる。郊外に向かうに連れ、建物がますます高くなり、ますます醜くなっていく。

終点で、カルラはようやく電車を降りた。カルラが生け垣の向こうに姿を消したのを見届けてから、あとを追った。

カルラは車道を横切って、ディスカウントショップの駐車場に行くと、駐車場を取り囲む低い壁に腰をおろして、入り口を見張りはじめた。

カルラは何をしてるんだろう？　お母さんの新しい恋人と何か関係があるんだろうか？　この謎《なぞ》めいた遠出の理由は、それしか思いつかない。

カルラはプラタナスのそばの半分日陰になった場所に座っている。わたし自身は日向《ひなた》に座っているけれども、半分はマイクロバスの影になっている。日差しは心地よかった。夏休みの日焼けはほとんど消えてしまった。

ママは休暇が好きだ。たぶん、ほとんどの人は休暇が好きだろう。ママは、だけど、休暇になると変身する。海辺のスター女優だ。わが家の休暇旅行の目的地はいつも海辺だ。それ以外の選択肢はない。たいていはトルコの海辺に飛んでいく。物価が安いし、ロシア人がたくさんいる。格安のパッケージツアーを予約して、しばしばグレードの低い、つまり、うるさくて狭いホテルに宿泊した。最近泊まった部屋なんてゴキブリまで出た。けれどもママはお日様が照っていて、ラメ入りのビキニを着て歩けさえすれば満足だ。一日中サングラスをかけて寝椅子《ねいす》に寝そべっているので、ママは日ごとにこんがり焼けていく。肌はしわしわになるけど、全然気にならないらしい。肝心なのは小麦色に日焼けすること。

キリルとパパは行き先はどこでもよかった。ふたりはパソコンとチェス盤を持っていって、日よけの下に座りこみ、車やコンピューターの話をしたあと、チェスをする。そうしながら、チェスの世界選手権の最新情報をめぐって、口から泡を飛ばして議論するのだ。

休暇旅行は最悪ってわけじゃない。すくなくとも狭苦しい家にこもって、けんかばかりしているよりはまし。わたしは太陽が好きだ。海や砂浜も好きだ。たとえ人が多すぎても。ときどきわたしは体操の演技をして見せた。すると人びとはじっと見てくれて、なかには拍手してくれる人までいた。全員がわたしを男の子だと思った。砂浜ではバミューダパンツをはいていたからだ。年齢のわりに小柄なので、もっと幼いと思われていた。ママはわたしが話しかけられるのをとてもいやがった。女の子をつれたロシア人のお母さんに話しかけられるととくに。そういうお母さんたちは「彼はすばらしい体操選手ね」とか「彼はきっと競技スポーツをしているんでしょうね」なんていうのだ。ママはうなずくだけだけど、キリルは「彼じゃなくて彼女だ」とぶつぶついう。キリルの声が聞こえた人はびっくりして目を丸くした。

「せめて、水着をきなさい。ワンピースでもいいから」夜、ホテルでママにそう懇願されたこともある。女の子がどうしてビキニじゃなくて、ワンピースの水着をきるのか、ママには理解できない。

「でも、ワンピースだとおなかが日焼けしないのよ」わたしは答えた。

ママもそのことは認めたけれど、追及の手はゆるめなかった。

「わたしにはビキニの上半分はいらないの」わたしは反抗した。黄金の休暇旅行のあいだはそんな口答えも許された。

「あんたは女の子なのよ、ナージャ」まるでそのことをわたしにしっかり納得させなければいけないとでもいうような口調だ。でも、その必要はなかった。わたしにはよくわかっていた。三週間前、トルコにいた時、もしもわたしの胸が小さいままだったら、どうなるだろうと考えた。そうなったら、ビキニの上半分は着なくていいかも。だけど、大人になっても、そのままでいられるだろうか？

わたしは目をあげた。カルラが駐車場の車の間を走っている。どうしたんだろう？ お母さんの恋人がいた？ 車で出ていった？ 見つかったらたいへん！ わたしはあせりにあせって、壁のうしろに隠れようと思って、ぴょんと飛びおりた。ばかなことに、壁の向こう側が思ったよりも低くて転んでしまった。悲鳴を押し殺し、なんとか起きあがった。足の親指がタイルにぶつかって爪《つめ》がはがれかけ、その下に血がにじんでいる。歯を食いしばって壁の向こうをのぞいてみると、カルラはまた低い壁に座っている。けれどもさっきとはべつの場所だ。今度はプラタナスの下。さっきよりもずっとわたしに近い。わたしは片足を引きずって移動し、配達用小型トラックのうしろに隠れて壁をよじのぼった。手と足が痛い。見ると、手のひらと膝《ひざ》をすりむいていた。それほどひどい傷ではないけれど、痛みがあったし、血を見たとたん、汗がにじんだ。カルラは木陰でおちつきはらって、ディスカウントショップの入り口を見はっている。わたしは自分に腹を立てた。いったい、こんなところで何やってるんだろう？ どうしてカルラの後をつけたりしたんだろう？ 怪我《けが》までしてしまった。もうすぐスカウト選手権があるのにどうしよう。わたしはちゃんとトレーニングしているのに。毎日熱心に。


カルラは髪をてっぺんで結んでいた。ショートパンツにふたたび上着をはおっている。カルラの身につけているものはいつも少し色があせている。まるで洗いすぎたみたいに。

足の指は痛むし、暑い日向にいるのが苦痛になってきた。カルラはいつまで座ってるつもりだろう？ でもきくまでもなかった。カルラをよく知っているからだ。カルラは見つけたいものが見つかる前に立ちあがったりしない。だけど、わたしも粘り強いほうだ。そういうわけで、わたしたちは午後のはじめまで座りつづけた。わたしはカルラを見はり、カルラはスーパーマーケットを見はってい
た。その間に広告板の影がわたしのところまで伸び、親指の血はかたまった。これで当分だいじょうぶ。

けれどもそのあと、わたしはのどが渇《かわ》いてきた。カルラもたぶん同じだ。リュックからミネラルウォーターのペットボトルをひっぱりだして、飲んだのだから。もちろんわたしは何も持っていない。カルラのペットボトルをじっと見ていると、のどの渇きがひどくなった。ジーンズのポケットに入っていたガムがつぎの十五分間、わたしを助けてくれた。何か買えばいいんだ。わたしはそう思った。けれどもこういう時は、持ち場を離れたとたんに、見逃してはいけない何かが起きる。そう思ってわたしは座りつづけた。

けれどもそのうち、どうしてもがまんできなくなった。ちょうどそのときカルラがまた一口水を飲んだ。わたしは腹が立った。カルラは持ってるのに、わたしは持っていない！　壁からとびおり、体をかがめて駐《と》めてある車の間を通りぬけ、ディスカウントショップに近づいた。中に入ったあとは、カルラに顔を見られないように気をつけた。

店内は涼しくて気もちがよかった。大急ぎで一番安いミネラルウォーターを一本選んでレジに並んだ。

そのレジに、あの人がいた。路面電車の停留所で見たときとは、まるで別人だ。ずっとまじめそうに見える。ワイシャツにネクタイをしめ、その上から作業着を着て、レジの女の人と話をしている。

眼を細めて名札を見ると、アイ・クルー(I. Kru)まで読めた。そのあとで彼は反対側を向いて、ほかのレジに行ってしまった。レジの女の人がわたしに、ペットボトルをベルトコンベアの上に置くようにいった。

お金を払って店を出るときにもう一度アイ・クルーのいたほうを見てみると、地下に降りていくところだった。彼に気をとられて、足もとがおろそかになったせいで、わたしはうっかりショッピングカートの車輪に躓《つまず》いてしまった。ぶつかったのが怪我をしたばかりの指だったので、ひどく痛かった。カートを押していた年配の女の人が「おっとっと！」といった。

わたしは唇をぎゅっと結んだ。そのときその女の人が血のにじんだ指を見た。「あらあら、だから、あんなに痛そうな顔をしたのね」

「前からなの。心配しないで」わたしはそういうと、片足を引きずって彼女といっしょにドアを出た。

ドアの外で彼女の夫が待っていた。逃げやすくなったので、わたしはうれしかった。

「消毒しないといけないわよ、坊や」その女の人はいった。わたしはわたしの胸を思った。「坊や」と呼ばれる時期はもうすぎていた。

「わかってます」わたしはいった。「もう家に帰ります」

ミネラルウォーターのペットボトルを持って車の間を通りぬけ、ふたたび壁の上の持ち場についた。カルラが気づいたようすはない。どうしてカルラはここで待っているんだろう？　ここで働いているって知ってるなら、待つ必要なんてないだろうに。わたしはミネラルウォーターを多めにぐいっと飲んでから、少し足の指にかけた。血を洗い流したかったからだけど、高価な水を無駄《むだ》づかいしたことをすぐに後悔した。しかも、自分のお小遣いで買ったのだ！　そう思ったとたん、突然競泳用プールがエネルギーと水の究極の無駄づかいのような気がしてきた。わたしたちのプールは、いったい、どれくらいの量の水を使っているんだろう？　それにその水を温めるのに、どれくらいのお金をかけているんだろう？　飛び込みなんて、いっぺんにばかげた不合理なものに思えた。ほかのスポーツだってぜんぶそう。スポーツは人類に何をもたらしたんだろう？　人類はスポーツによってほんの少しでもよくなったんだろうか？　あるコーチなんて前に、スポーツを通じて戦争を防ぐことだってできるっていってた。そんなの信じられる？

そんなことを考えているときに、ふと思いついたことがあった。もしあのイクルー（わたしは彼を手短にそう呼ぶことにした）がここで働いているのなら、車で通勤しているかもしれない。きっと早く来ているだろうから、従業員入り口に近い駐車場に車を止めているだろう。そこでわたしはふたたび車の間を抜けてディスカウントショップの建物の方に向かった。建物の裏の左側に金属製のドアがある。きっと従業員用の裏口だ。あのあたりならカルラの視線からも、日差しからも守られている。わたしは裏口に行って、近くに止めてある車をつぎつぎに見ていった。すると、なかの一台のナンバーに予想どおりＩＫのアルファベットがあった。これが彼の車だ！　絶対にそうだ！　パパの車のナンバーにもアンドレアス・ミュラーの頭文字、ＡＭがある。わたしは自分が発見したことが誇らしかった。イクルーの車は銀色のニッサンだった。ナンバーを覚えてから中をのぞきこむ。わりに新しくて、手入れがゆきとどいている。シートはきれいだ。家族がいるようには見えない。バックミラーには小さな木の形をした芳香剤がぶらさがっている。その車でいちばん興味を引かれたのはリアウィンドウに貼《は》ってあったFCバイエルンのステッカーだった。

わたしは持ち場にもどった。カルラはポニーテールを結びなおしていた。そのあとミネラルウォーターを一口飲んで、耳たぶをひっぱった。

あと五分だけ。わたしはそう思って頭の中で六十を五回数えた。それがすんだあと、わたしは立ちあがって、家路についた。

家に帰るとパパが忙しそうに働いていた。食洗機を幅の狭いものに交換したのだ。パパはあまりお金にケチケチしなくなった。だから、アパートにはやたら広い駐車場があって、とてもたくさんの車が並んでいるのに、我が家の車が一番高級だ。にもかかわらず、わたしはもっと大きな家に住みたいと思っている。

彼女は飛ばなかった

足の指の怪我《けが》はすぐになおったので、水中トレーニングを二日休んだだけですんだ。しかも、まだ冷たい競泳用プールを練習場所に使っていたので、休んでも運が悪いとは思わなかった。

一週間後、プールに水が入り、わたしの怪我がなおり、ロージがトレーニングを再開した。ロージはこれまでどおりに見えた。どんなふうに変わってると思っていたのか、自分でもわからない。だけど、脳しんとうと聞いたときは、脳がすっかり壊れるみたいな気がして、とても怖かった。

試合が近づいていたし、二週間も水中トレーニングができなかったので、陸トレ室のトレーニングは短時間できりあげることになった。ストレッチを少ししたあと、倒立を数回と、踏切板での前転を数回しただけで、プールに行った。

ターコイズブルーの長い廊下は電灯が二つ切れていて、とても暗かった。いつもよりも長い気がする。カルラとわたしがさきに歩いた。イザベルとロージはずっとあとからついてきた。イザベルは小さな声でずっとロージに話しかけている。イザベルが何をいっているかわかる気がした。どうせロージがスカウト選手権の試合に出られないのはフェアじゃないとか何とかいっているんだろう。

今日のトレーニングは珍しくカルラ、ティム、マーロンの三人とグループが同じだったので、うれしかった。マーロンといっしょだといつも楽しい。わたしたちは三メートルの飛び込み板から後ろ飛び込みの練習をした。ロージとイザベルは一メートルの飛び込み板から逆さ飛び込みの練習をしていたけれど、それを見る余裕はなかった。マーロンが小さなタオルを投げて遊んでいたからだ。あまりしつこかったので、シェンク先生にしかられて、プールのそばにタオルを置いてくるはめになった。

その間にわたしたちは、一回半ひねり後ろ飛び込みの練習にうつった。難しい技で、背中から水面にぶつかるのがわたしは怖かった。それでも、思っていたよりうまくできたので、プールから上がったとき、カルラをつついた。

「ねえ、見てくれた？　うまくなかった？」わたしは誇らしげにそういった。けれどもカルラはわたしの飛び込みを見ていなかった。ロージのほうを見ていた。ロージは首をすくめて後ろ向きに三メートルの板の上に立っていた。

「彼女は飛ばない」カルラはいった。

わたしには、それが今の状況を描写しているのか、それとも予言なのかわからなかった。「ロージは今何をやってるの？」

「後ろ踏切の前飛び込み・伸《の》び型《がた》」

ロージは両腕を広げた。頭はあまり引っこめていない。両腕を少しあげたので、軽く上下に揺れた。

「あれじゃダメよ」カルラがいった。

ロージは両腕をおろした。

「見た?」カルラがいった。完全に冷静な声だった。冷たい響きさえ混じっていた。まるで、ロージなんかどうでもいいみたいな。

「だけど、飛ぶかもしれない」わたしは腹がたったのでカルラに反論した。ロージはまた両腕をあげて、上下に揺れはじめた。

「彼女は飛ばない」

なんて断定的な言い方! カルラは飛び込み台の女王かもしれないけど、神様じゃないのに。

その間に、ロージをじっと見ている人の数がふえた。イザベルも。イザベルは三メートルの飛び込み板からロージの次に飛ぶことになっていたので、すべてを正確に観察していた。ロージが飛ばなくなったら、たぶんイザベルには有利だ。

すべてが急にひどく怖くなった。ロージがどうなっても、カルラにはどうでもいいのだ。イザベルはロージが怖がっているのをよろこんでいる。ほかの人たちはおそらく何時間もこのことを噂《うわさ》するだろう。すべて競争なのだ。ひとりずつ順番に飛び込んで、それで、最後に誰が残るの? 一番上手な人?

けっきょく、カルラのいったとおりになった。ロージは三メートルの飛び込み板からおりて、まっしぐらに冷えた体をあたためるための小さな温水プールに向かった。できればロージのところに行ってあげたい。でも、トレーニングをつづけなければならなかった。

カルラはすべてになんの影響も受けずに、いつも通りすばらしい飛び込みをした。だけど、ちょっと待って！　飛び込み板に乗る直前、カルラは少しためらったのだ。まるで目に見えない存在に肩をつかまれて、「気をつけて、ほんとうはプールには水が入っていないのよ！」とささやかれたみたいに。カルラは、その目に見えない邪魔を振り切るのに四分の一秒しか必要としなかった。それから、いつもと同じように必要なすべてを行った。

トレーニングのあと、陸トレ室の前でアルフォンスに出くわした。アルフォンスはわたしにほほえみかけてから質問した。「それで、すべて順調？」

わたしはしょうじき順調どころではなかった。でも、ほほえみながら「絶好調よ」と答えた。

「ちょっとよっていかないか」アルフォンスはいった。「きみにあげるものがあるんだ」

わたしがびっくりして口をぽかんと開けると、となりでカルラがいった。「先に更衣室に行ってるわ」

「すぐ行く！」わたしはカルラの背中にそうさけんでから、アルフォンスについて陸トレ室に行った。そこでは年上の選手たちがトレーニングをしていた。スターたちだ。

アルフォンスはリュックに手をつっこんだ。「これだ。忘れ物のところにあったんだけど、これ、きみの？」

アルフォンスは黒と緑の塊《かたまり》をさしだした。わたしの水着だ！

「わあ、ありがとう！　ほんとにありがとう！」わたしはそういった。できれば、アルフォンスに抱きつきたいぐらいだった。アルフォンスが水着を渡してくれたとき、指がちょっと触れあった。必要なよりもほんの少し長く。どちらもすぐにはひっこめなかったのだ。電流に打たれたような気がした。

更衣室ではイザベルがロージの隣に座って、ロージの肩に腕をおいていた。ロージは声をあげて泣いていた。当然だ。わたしだって、もしも三メートルの高さから伸び型の前飛び込みができなくなったら、声をあげて泣くだろう。イザベルは小声でロージをなぐさめている。「だいじょうぶよ、すぐにまたできるようになる……今日始めたばかりなんだから……これまでいつも何でもできたんだから……」

うそばっかり。ほんとうはライバルがへるのを喜んでるくせに。カルラも軽蔑《けいべつ》したような目でふたりを見ている。カルラは泣き声やささやき声が大きらいなのだ。

ロッカーを開けると、トレーニングの前に自販機で買ったグミベアー〔クマのかたちをした色とりどりのグミ〕の袋が落ちてきた。床にぶつかったとき、袋がさけて小さなグミベアーがこぼれおちた。とてもかわいい。わたしはそう思った。白いタイルの上の色とりどりの半透明の小さなクマ。本当にとてもかわいかった。わたしはその中の一つをひろって口に入れた。

「食べるの？」イザベルがびっくりしたようにきいてきた。

「もちろんよ。いくらするか知らないの？」

イザベルはもちろん知らない。イザベルの両親はお金持ちだ。お父さんは医者で黒いベンツに乗ってて、ときどきトレーニングのあと迎えにくる。イザベルは水着を七枚持っていて、ブランドもののしか身につけない。前はいつもお守り役の人に連れてきてもらっていた。

「バイキンがいっぱいいるのに、何を考えてるの?」

そうか、バイキンがこわいのか。わたしはもう一度、イザベルを挑発するためだけに、グミベアーを二つ口にいれた。

「そうよ」ロージがいった。「とくにプールには、いっぱいいるのよ。あたたかくてしめったところが好きなんだから」ロージは涙をふいた。とにかく、ロージはわたしたちの無意味な会話のおかげで、自分の苦しみをほんの少しでも忘れられたみたいだ。

「ここは乾《かわ》いているし、こんなにきれいよ。なめられるくらい」わたしは反論した。

「そうなの。だったら、なめてみて」イザベルがいった。

残りのグミベアーを拾いあつめて、袋のなかにもどしているあいだに、ひどく腹が立ってきた。

「いいわよ」わたしはできるだけ冷静にそういって、かがみ込むと、タイルをなめた。舌先に砂を感じた。もしかしたら髪の毛も一本。

「これでいい?」わたしはそう質問しながら、立ちあがった。そのあいだずっと、タイルをなめた舌が口の中にふれないように気をつけていた。

「あなたって、完全にいかれてる」ロージはそういってクスクス笑った。ロージが笑った!

カルラはもうほとんど着替えていた。わたしはまだだった。だけど、着替える前に口の中の髪の毛を取り除かなくては。

「ちょっと失礼」といって、わたしは洗面所に行った。できれば駆け出したかった。それほど口の中の髪の毛がいやでいやでたまらなかった。けれども、どうにか持ちこたえた。洗面所に着いたわたしは洗面台にかがみこんで口をすすいだ。バイキンなんか怖くない。だけど、髪の毛はいやだ。

更衣室にもどると、着替えが終わりかけていたロージとイザベルが急にあわてて更衣室を出ていった。

「アルフォンスは、いったい、何をくれたの？」ドアが閉まって、更衣室にふたりきりになったとき、カルラがたずねた。

「わたしの水着。置き忘れてたの」

「ああ、そうだったの。てっきり……」

「何だと思ったの？」

「何も」

そこでカルラは会話する気がなくなった。でもわたしは話さずにはいられなかった。ときにはどうしても話さないと気がすまないときがある。そのうえ、今日のカルラはどこか変だという気がしていた。わたしは聞いてみた。「それで、家はどう？　あの男の人はまた来た？」

「来たわ」

「いつ？」

「昨日よ。一日中。ママは今ちょうど遅番《おそばん》なの」

「会ったの？」

「いいえ」

「それなら、どうして知ってるの？」

「匂《にお》いがしたの。あの人はたばこを吸うから。しかも食洗機にたくさんお皿が入ってた」

「それで、お母さんは？」

「ママがどうしたって？」

「あの人の話をしてくれた？」

「いいえ。わたしはママとは口をきいていないから」

「それで、お母さんは？　わたしが聞きたいのは、あなたが二週間も口をきかないこと、お母さんは何ていってるの？」

「ああ、そんなこと、ママは気がついていないわ」

「もちろん気づいているわよ。とても気にしてたわ」

「どうして、そんなことがわかるの？」

「直接聞いたからよ。DVDを持っていったとき」

カルラは黙りこんだ。わたしたちの会話はそこで終わった。

わたしたちは黙ったまま、プールの建物を出て、黙ったままSバーンを待った。わたしは黙っていることにも、カルラの長い深い沈黙にもなれていた。けれども今日はイライラしたのでいってみた。

「アルフォンスもスカウト選手権に行くんだって」

「アルフォンス？」カルラが返事をしたことに、わたしはびっくりした。どちらかといえば質問だったけど、それでも。

「アルフォンスは小さな選手たちの世話をしているの」

沈黙。

「その中のひとりがわたしの水着を見つけてくれたんだって」

沈黙。

「アルフォンスってジュニア選手権の時は何位だったの？」これはカルラのための質問だった。わたしはどうしてもカルラに口をきいてほしかった。

カルラは本当に口をきいた。「ねえ、よかったら、その男の子のことばかり話すのは、そろそろやめてくれない？」

Sバーンがとまった。カルラは立ちあがった。おりる駅だった。わたしは口をぱくぱくさせてからいった。「ねえ。ヤーンおじょうさまは今日はむしろ会話をなさりたくないみたいですね？　でも、あとひとつうかがってもいいかしら。これから先、クラブのほかのメンバーと接触するときも、ヤーンおじょうさまに許可を求める必要があるのかしら？」

カルラは何もいわなかった。わたしはカルラの肩をつかんで揺さぶりたい気分だった。あるいは、カルラを置き去りにして駆けだしたい気分だった。

それでも、そのあともわたしたちはいっしょだった。いつも通りに。わたしたちの友情が汚されたような気がした。ひとりの少年によって。

家のドアについたとき、カルラがいった。「ごめんね。気を悪くした？」

わたしはほほえんだ。

カルラもほほえんだ。あるいは、少なくとも、ほほえもうとはした。
何もかも、それでよくなった。

イクルーがインゴクルーになる

めずらしく夜なかに目をさますと、カルラの家で声がした。

わたしは上半身を起こした。声はひとつではない。ふたつだった。女の人と男の人。穴からのぞくと、ソファにイヴォンヌとイクルーが座っていた。あの悪魔の完全な名前をわたしはまだ知らない。カルラが彼の話をしたがらないからだ。

イヴォンヌはいった。「何かサプライズがあるみたいね。何があったの？」

「想像してみて」彼はいった。「ぼくは遺産を相続したんだ。しかも古いイヤリングとかアルバムなんてつまらないものじゃないんだ」

イヴォンヌはためらった。それから何かをテーブルにおいた。「いったい、なんなの？」

「広い農場と森まであるお屋敷がそっくり全部さ」

イヴォンヌの反応にわたしは少しおどろいた。全然よろこばなかったのだ。イヴォンヌはこういっただけだった。「だけど、ご両親はずっと前にお亡くなりになったんじゃなかったの？」

「叔父の遺産だよ……だけど、どうしたの？　全然うれしくない？」

「そんなことないわよ、もちろん、うれしいわ」

「夢みたいな場所にある、夢のようにすばらしいお屋敷なんだ。しかも湖のほとりにある。メクレンブルクの美しい湖を知ってるだろ？　まあ、改修しないといけないけど……」

「それじゃ、あなたはそこに引っ越すつもりなの？」イヴォンヌは信じられないという口調だった。

「ああ……そうだね……もしかしたらね。それってそんなにおかしいことかい？」

「どこで働くつもり？　シュヴェリーン？　ギュストロー？　それとも、ノイシュトレーリッツ？」

「そんなこと、まだわからないよ。だけど、あそこは本当に美しいんだよ……それにとても静かだ。コウノトリもいるし。ぼくら、あそこで……」

「わたしたち？　だけど、わたしはコウノトリのそばで何をすればいいの？」

「どこに行っても看護師の口はあるさ」

「でも、カルラは……」

「もしかしたら、きみたちも新しい暮らしをはじめたほうがいいんじゃないかな。きみだっていってたじゃないか。カルラはとても静かで、閉じこもっていて、ひどくまじめだって」

「カルラは引っ越せない。スポーツがあるから」

「ロストックに……」

「だめ」

「だけど、ロストックにだって、飛び込みのクラブはある。調べてみたんだよ」

「インゴ、あなたにはわからないのよ。もちろん、ロストックにだって飛び込みのクラブはあるでしょう。だけど、飛び込み連盟の本部はここにあるの。インゴ、あの子はどうでもいい選手じゃないの。いちばんいい選手なの。もしかしたらオリンピックにだって出られるかもしれないのよ」

わたしはびくっとした。イクルーの名前が育ってしまった。今ではインゴクルーだ。

インゴクルーがいった。「反抗期が終わるまで待つよ」

「反抗期なんて関係ないわ。カルラのことも。それよりも、そもそも、どのくらいかかるか、わかってるの？」

「改修に？　それなら大丈夫だよ。少し倹約《けんやく》すればいいだけだ」

「それに何年もごたごたした状態で暮らすの？　どうして売ってしまわないの？　少し前までは、田舎暮らしは耐えられないっていってたじゃないの」

「ああ、覚えてる。だけど、あのときはまだ自分の屋敷がなかった。きみは町で暮らすのがときどききつらくならないの？」

「もちろん、なるわよ。でも、さっきいったように、カルラは絶対に田舎暮らしなんかいやがるわ」

「競技スポーツは本当にそんなにいいものかい？　一度でも考えたことはあるの？」

「もちろんんよ。千回も考えたわ。でもあの子がそうしたがっているの」

「飛び込みは危険じゃない？」

「サッカーほどには危険じゃないわ！」イヴォンヌが言い返した。「カルラはそういってた」

しばらく沈黙がつづいたあと、イヴォンヌがいった。「インゴ、わたしたちはそんなに簡単に田舎に――あなたの屋敷に引っ越せないわ。カルラはあなたのこともまだ知らないのよ」

「その通りだ。だけど、ぼくには関係ない」

「あなたたちをどうやって引き合わせたらいいか、ずっと考えているの」

「一年前からそういってる。引き合わせるつもりはないようだね」

「本当にとても難しい子なの」

「カルラのせいにしないでくれ。もっとオープンに話せるはずだろう？」

「そうする必要はないし、できないの。わたしたちには黙っているしかないことがあるのよ」

「わたしたちって？」

「カルラとわたしよ」

「そうか、そのせいで、きみの家はいつも同じ雰囲気が支配しているんだな」

「この雰囲気が気にくわないなら、どうして、もっとほかの楽しい恋人の家に行かないの？」イヴォンヌがぶしつけにきいた。

「もっと楽しい恋人なんかほしくない。ぼくはきみがほしいんだ。もうずっと前から。どうして、きみはぼくのほうを向いてくれないんだ？」

「わたしは……わたしは、だけど、あなたのほうを向いているわ。わたしにはあなたが必要だし、あなたがいなくなったら、わたしの人生は完全に無意味になる」

「きみはそういうけど……」インゴクルーがさえぎった。とほうにくれている。どうしてカルラは彼を悪魔だなんて呼んだんだろう？　わたしには理解できない。インゴクルーは感じがいい。もしかしたらほんの少し押しつけがましいかも。でも、感じはいい。

「わたし眠らないと」イヴォンヌがいった。「あなたも帰った方がいい」

「イヴォンヌ！　ぼくはもう秘密にしているのはいやだ、うんざりなんだ。夜中の十一時頃《ごろ》やってきて、どろぼうみたいにコソコソ忍びこまなければならないなんて。しかも、午前三時に、まるで拒絶された愛人みたいに、追い出されようとしている。さっき、ぼくが必要だっていったけど、なんのために必要なんだ？」

「出ていって！」イヴォンヌがささやいた。「ここに来るだけでも狂気の沙汰《さた》よ」

「きみは狂気だっていうのか？　ふつうのことだよ」

「インゴ、わかってる。カルラに話をする、約束するわ」

「一年前からずっとそれだ。今日はぼくは出ていかない。そうしたら、カルラは朝一番でぼくを見ることになる」

「それはだめよ。そんなこと絶対によくないわ。一週間後のスカウト選手権の特訓中なのよ」

「ああ。スカウト選手権がすんだら、おつぎは全国大会かなんかがあるんだろう？」

「誓うわ。スカウト選手権がすんだら話すって」

イインゴクルーは車の鍵《かぎ》を手に持ってちゃらちゃらいわせた。イヴォンヌは泣きだした。インゴはイヴォンヌを両腕に抱き取って、何か呟《つぶや》いたけど、聞きとれなかった。それからインゴは出ていった。

イヴォンヌは明かりを消した。

わたしはすべてを知ってしまった。イクルーはインゴクルーになった。最近遺産を相続したことまで知っている。湖のほとりにある庭付きの家。コウノトリまでいる。けれども飛び込み台はない。そういったこと全部について、わたしはその後、かなり長い間とりとめもなく考えていた。眠りに落ちたのは明け方だった。

ママに手荒く起こされた。目覚ましをセットするのを忘れていたのだ。目覚まし時計とママのどちらかを選べといわれたら、わたしは時計を選ぶ。たとえどんなにいやな音がしても。

朝のママより悪いのは、朝のキリルだけだ。わたしたちの小さな部屋にはキリルが一晩眠ったあとのいやなにおいが残っている。キリルは台所で、お気に入りの吐き気がしそうなチョコクリーム・トーストを舌鼓《したつづみ》を打ちながら平らげている。パパは髭《ひげ》を剃《そ》らずに、コーヒーが薄すぎるとブツブツいってる。ママも言い返している。化粧していないママの顔は恐ろしい。そのとき突然、わたしは自分たちの様子を外から観察しているような気がした。すべてがみすぼらしく思えた。狭すぎる台所のぐらつく食卓についているわたしたち。わたしたちはけんかしたり、ズルズルすったり、いやなにおいをさせて、座っている。いやだ。このままではいやだ。世界の輝きの幾分《いくぶん》かでも、分けてもらえたら。わたしはそう思った。

大急ぎでコーンフレークを食べて、キリルより先に洗面所に行った。いつも朝食後の洗面所はキリルに占領されるので、わたしは朝食の前に歯を磨くことにしている。けれども今日はすべてが混乱していた。目覚まし時計をセットし忘れたせいだ。鏡の前で自分の胸をチェックした。まだ少し盛りあがってる程度だけど、悪いことには変わりなかった。いそいでTシャツを引き下ろした。だいじょうぶ、こうしたら目立たない。ほんとうなら、それでうれしいはずなんだけど、この頃《ごろ》はママが医者に行こうといってわたしを脅す。発育のおくれを気にして、「あんたの年頃ならもっと発育しているはず、きっと飛び込みのせいよ」という。完全に的外《まとはず》れな意見ではないかもしれない。だけど、ママは、だからこそ、決断する必要があるのだ。胸か、それともメダルかを。

それからわたしは自分の顔を観察した。普通の顔に見える。自分の顔はそれほど好きじゃないけど、ひどく悪いとも思わない。目はたしかに綺麗《きれい》だ。キリルはずっとドアをどんどんたたいている。「入れろ! 今、すぐに!」

わたしはドアをたたかせたまま、トイレに座って、陰毛を調べた。また新しいのが二本。小さなはさみでそれを切りとった。長い目で見れば、もちろんそんなことをしても意味がない。だけど意味がないことはたくさんある。キリルがドアをどんどんたたいていることもそうだ。わたしはわざとのろのろして、トイレットペーパーを新しいのにかえ、浴槽のふちを拭《ふ》いて、黄色いカーペットをひっぱって伸ばした。蛇口についた水垢《みずあか》も拭きとった。それからようやく浴室のドアを開けた。キリルはガミガミいいながら、わたしを押しのけてドアを閉めた。ママがロシア語でキリルをガミガミしかった。わたしは通学鞄《かばん》とリュックを準備するために部屋にもどって、急いで窓を開けた。キリルのにおいがひどかったからだ。それから壁をたたいた。それがわたしたちの合図だ。出かける準備ができたことをカルラに知らせるための。

「何かあったの?」カルラがきいたので、わたしはびっくりした。いつものカルラなら、ほかの人たちみたいな、こんな質問はしない。カルラは家のドアを後ろ手に閉めた。「キリルがわめいているのが聞こえたわ」

「わたしが先にトイレに入ったから」

「ああ、そうなの」それですべて理解したみたいに、カルラはいった。ひとりっ子なので、その種のトラブルにはほとんど縁がないのだ。わたしたちは階段を歩いておりた。おりるときはエレベーターには乗らない。

カルラは今日は恐ろしくおしゃべりだ。学校の建物に入る前に、「五一三二Dよ」なんていったのだから。

飛び込みのことを話すとき、カルラはたいてい公式の飛び込み番号を使う。わたしもそれには慣れていたけど、「五一三二D」がどんな飛び込みか、とっさにはわからなかった。一番前の五は「ひねり」を、一は「前」を意味する。Dは自由演技のことだ。カルラがいいたかったのはたぶん「一回半ひねり前飛び込み」だ。この飛び込みができるのは今はカルラだけなのに、そのカルラでさえまだ仕上げの段階だ。

「試合で飛ぶつもり?」

「そうよ。だけど、できないの」

わたしはひねりのある飛び込みはあまり好きじゃない。カルラが五一三二Dはできないといったことに腹が立った。カルラはとても上手にできる。できないといったのは、まだ思い通りの飛び込みができていないということだ。おそらく今日にも、カルラは理想の飛び込みを完成させる。カルラは、たいていの場合、ほとんど解決できたときになって、ようやくその問題を口にする。

カルラを怒らせるために、わたしは聞いてみた。「それで、お母さんの恋人は何をしているの?」

カルラはいやそうな目でわたしを見た。

「あれから、また来た?」わたしはさらにたたみかけた。もちろんいやらしい質問だった。けど、わたしは本当に、夜遅く彼が来ていることにカルラが気づいているのか、知りたかった。

「あれはママの恋人じゃない。悪魔よ」

その言葉はわたしを動揺させた。カルラは本当に真剣にそういっていたのだ。

「だけど……そうなの?」

カルラはわたしを見つめた。それ以上は何もきけなかった。


授業はいつもどおり退屈だった。わたしたちの学校がエリート校のわりに汚くてみすぼらしいのは、まもなくほかの場所に移転するからだ。その汚さを当時のわたしはあまり気にもとめず、ありのままに受け入れていた。わたしたちのクラスは古びた建物の四階にあった。夏は恐ろしく暑くなったが、冬にもしばしば暑くなりすぎた。暖房設備がこわれていたからだ。

わたしは皮膚が薄い。冷たい水に入るとすぐに凍えるし、暑いところではすぐにバテる。皮膚のすぐ下にある血管が、暑くなるとふくれあがるのだ。長い間立っていると足が青くなるし、がんばりすぎると顔が真っ赤になった。そして、凍《こご》えると手が白くなる。こんなに肌の色が変化する人をわたしはほかに知らない。カルラはその反対に、いつも同じ色をしている。とても白くて、どんなに緊張したりがんばったりしても、顔はいつも雪のように白い。足や手も、どんなに長くどこに立っていても、いつも同じ色をしている。すばらしいと思う。カルラの色のないところが好きだ。わたしにかぎらず、多くのクラスの男の子がカルラに恋していた。けれどもカルラはそういうことには全然関心がない。今日もまた、新しい男の子のひとりが数学の時間にカルラに近づこうとしてきた。バレーボール選手のヨーンだ。わたしはメモを受け取った。

カルラにいってくれ。渡したいものがある。ヨーンはそう書いていた。

いつもこうだ。男の子は誰も直接カルラに手紙を書かない。みんなわたしにメモを渡す。だけど、だいぶ前からわたしは預かった手紙のすべては渡さないし、伝言だってみんな伝えるわけではなかった。ただ、ヨーンはちゃんとした男の子だった。すくなくとも、うぬぼれてはいない。エリート校の生徒のすくなくとも半分は、だいたいうぬぼれているのに。わたしは返事を書いた。いったい何？

彼：びっくりするような嬉《うれ》しいもの、サプライズだよ。

わたし：あまりいいものには思えないけど。

彼：とてもすてきなサプライズだよ。

わたし：いったい何？

彼：いったら、それはもうサプライズじゃないだろ。

わたし：いわないなら、カルラには何もいわない。

彼：それなら、自分で渡す。

わたし：ええ、そうして。カルラに何かをあげたいのに、どうしてわたしに聞くの？

そのあと数学の教師がわたしたちのメモの会話を中断させた。わたしは前に出て黒板の計算式を解くはめになった。授業はちゃんと聞いていなかったけど、まちがいはしなかった。計算はとくいだから。


休み時間のあとで、カルラに聞いてみた。「ヨーンは何をくれたの？」

「ヨーン？」カルラはめんくらって聞いた。

「何かくれなかった？」

「何も。どうして？」

そのつぎのドイツ語の時間に、ヨーンから、チェックの包装紙にくるんだ小さな包みといっしょに、またメモが届いた。カルラのために。お願いだから、これを授業のあとで彼女に渡して。ありがとう、ヨーン。

わたしはその包みを開けた。隣の席のマーヤ――とても感じのいいスピードスケートの選手だ――が、じっとわたしの方を見ている。カルラとわたしは、体育学校では一度も隣同士になったことがない。先生が並ばせてくれないのだ。どうしてなのか、わたしにはわからない。原因はわたしにもカルラにもない。誰か他の人に理由があるのだろう。もしもカルラとわたしを並べたらおしゃべりすると思っているなら、それは的外れだ。だって、カルラはほとんど口をきかないのだから。

小さな包みにはイルカの形のキーホルダーが入っていて、わたしは感動した。ヨーンはちゃんとカルラに合うものを考えたんだ！

わたしはそのキーホルダーを飛び込み用のリュックに入れた。「いまのは、何？」マーヤが聞いてきた。

「何も」わたしはいった。

「ヨーンにもらったの？」

「ちがうわ」

「ラブレター？」わたしはマーヤの嫉妬心《しっとしん》を感じた。そう、ヨーンは悪くない。

「いいえ」

「ヨーンはさっきもあなたに手紙を書いていたわ」

「いいえ」

マーヤはあきらめた。わたしも今にカルラみたいになりそう。

五一三二D

午後、わたしたちはプールに行った。一ユーロ硬貨を自販機に入れてから、カルラに聞いた。「どれにする？」

「五十五」

五十五はツイックス〔バタークッキーをキャラメルとミルクチョコレートでコーティングしたチョコバー〕だ。これを選ぶとき、カルラの飛び込みはいつもうまくいく。ママはいつも、甘いものを自販機で買うのはまったくのむだづかいだといってお説教する。キリルも、自販機で買う代わりにスーパーマーケットで袋入りのキャラメルを買ったら、一年でどれくらい節約できるか計算してくれた。キリルは何もわかっていない。お金の問題じゃない。わたしたちの人生がかかっているのだ。

更衣室の雰囲気は悪かった。お気に入りのロッカーを使うことはできたけれど、ロージが声をあげて泣いていた。ロージのお母さんもいた。シェンク先生と話がしたいといってる。いい兆候《ちょうこう》じゃない。両親との面談は、たいていスポーツ学校に残れないことを意味する。けれども、そういう場合の面談はふつう、プールではなく学校でおこなわれる。

ロージのお母さんはエレガントな服装をしていた。イタリア人だ。ロージの肩や背中をなでさすりながら、イタリア語でなぐさめの言葉を呟《つぶや》いている。ドイツ語よりずっとすてきに聞こえた。ロシア語のなぐさめの言葉もドイツ語よりすてきに聞こえることがあるけど、それは、意味が分からないときだけだ。ロージは新しい水着を手に入れていた。明るい緑の地色に玉虫色に輝く縞《しま》が入っている、とてもすばらしい水着だ。わたしはそれがスイムショップにぶらさがっているのを見たことがあった。三十九ユーロ。けれども、すてきな水着も役には立たなかった。ロージは泣きやまない。「自分のやりたい飛び込みをやればいいだけよ」お母さんはそうなぐさめている。今はドイツ語で話している。

「シェンク先生と話し合ったのよ。先生も同じことをいってたわ」

「でもわたしにはできない。わたしにはもう何もできないの」

「だめ、だめ」お母さんは厳しい声でいった。「わたしには何もできないなんていっちゃだめ。そんなことはないの。わたしと先生の結論はそうよ。あんたはここを乗り越えないといけない、克服しないといけないの。こういうことは誰にも一度はあるんだって、シェンク先生はおっしゃったわ」

「だけど、こんなにひどくないはず」

ロージのお母さんには返す言葉が見つからない。みんながあの事故にショックを受けていたからだ。

わたしも今は伸《の》び型《がた》の宙返りをするときは不安を感じる。

「ロージ、新しい水着を買ってあげたのよ。新しいタオルも。あんたはつづけるの。以上」

ロージは唇をかみしめている。ロージ以外の全員が着替えをすませて、ふたりの話をひと言も逃さないように聞き耳を立てていた。わたしたちは陸トレの部屋に移動した。ロージはお母さんの手にすがったまま、少し距離を置いて、ついてきた。

陸トレ室ではイェッセが、トランポリンを使ったトレーニングをしていた。

「おどろいた」カルラがいった。「三回転したわ」

トランポリンのほうを見ると、アルフォンスがこっちを見ていたので、わたしは手をふった。そのあと、イェッセもこっちを見ていたことに気づいて、まずかったかなと思ったけど、アルフォンスはちゃんとわかって、ほほえんでくれた。わたしはイルカのキーホルダーのことを思い出した。「ちょっと見て」とわたしはいって、カルラにキーホルダーを渡した。「ヨーンからよ」

「ヨーン？」

「同じクラスの男の子よ。カルラに渡してって」

「どうして直接わたしに渡さないの？」

「そうしたかったらしいんだけど……」

「あら、そうなの。自信がないのね」やっぱり受け取らないみたい。気の毒なヨーン。

「いい人よ。試合に行くときのマスコットに、だって」そんなこと、ヨーンはいわなかったけれども、どうでもよかった。

「それじゃ聞くけど、これをもらって、わたしは何をすればいいの？」

「何もしなくていいのよ」

「もちろん、しなきゃいけない。プレゼントにはお返しが付きものよ」

「そんなことない」

「だけど、そうなの」

「たとえばうちのママはカルラに水着を買った。だけど、カルラが何かする必要なんてない」

「そんなことないわよ。水着をもらったお礼に、わたしは、ナージャが飛び込みをつづけるように気をつけてる」

そのとおりだった。カルラがいなければ、わたしは何度だって飛び込みをやめただろう。

「でもヨーンはとても感じがいいよ」わたしはもう一度試してみた。

「OKってとこね」カルラはいった。「感じもいい、うぬぼれてもいないバレーボール選手。でもわたし、彼からのプレゼントはほしくない」

「じゃ、どうしたらいいの？」

「返して」

「わたしが？　自分で返しなさいよ」

「いや」

カルラの「いや」があまりにもきっぱりしていたので、何もいわないことにした。やっかいな崇拝《すうはい》者《しゃ》を追い払うのは、わたしの仕事だった。

トレーニングでは、シェンク先生がわたしの指導にかなり力を入れた。ひねりのはいった飛び込みを何度も練習させられたので、得意な五メートルからの逆立ち飛び込みは一番あとになった。逆立ち飛び込みはむずかしくないわりに、とても見栄《みば》えがする。それに、わたしのほうがカルラより上手にできる唯一の飛び込みだった。イザベルもこの飛び込みが好きだ。イザベルは今日はかなりテンションが高くて、ずっと落ちつきなくわたしのそばを跳びはねていたけど、目のはしでいつもロージを見ていた。今日のロージはこの前よりも自信がなさそうだ。どうしたらいいんだろう？　不安がどんどん大きくなったら、とっくにマスターして得意だった飛び込みですら怖くなるんだろうか？　わたしも知らず知らずロージのほうを見ていた。当然だ。ひそかに恐れていたことがロージの身に起きたのだから。いまロージの身に起きていることこそ、誰もがもっとも恐れていることだ。みんな、飛び込みが怖くなることがいちばん怖い。

カルラは一番奥の三メートルの高さの板で五一三二Dを練習している。わたしは五メートルの飛び込み台に立ってプールの水面を見ている。飛び込み用のプールの奥に一種のついたてのようなものがある。競泳選手たちから見られるのを防ぐためだ。ついたての向こうには五十メートルの競泳プールがあった。そこでは激しいトレーニングが行われている。コーチの命令する声がプール全体に反響している。笛の音も、飛《と》び板《いた》のバネの音もこだましている。一メートルの板の上ではスターたちが練習している。オリンピック選手や世界チャンピオン、ヨーロッパチャンピオンたちだ。みんな鍛《きた》え抜《ぬ》いた体をしている。とくに男の子たちはそうだ。彼らが弾《はず》むと飛び板は水面にふれそうになる。そして三回転も四回転もする。それは見事なものだ。

イザベルがわたしを軽くつついた。「ナージャ！　夢でも見てるの？」

そう、わたしは夢を見ていた。ゆっくりと飛び込み台の先端まで行って、両足を開く。同時に体をかがめて、両手で支える。下には水があった。本当ならずっと遠くにある。そのときまたもやいつもの考えに襲われた。ここでいったい何をしてるの？　生きるのに疲れちゃった？　その考えはふいにわたしを襲ったけれども、長くはつづかなかった。そのときにはもう両手で体を支え、両足をまっすぐ上に伸ばしていたからだ。その瞬間アルフォンスが上がってきた。バランスを失ったわたしは、もう一度足を高く上げなければならなかった。「減点二」イザベルが厳しい声でいった。バカな雌牛《めうし》め。

アルフォンスはわたしにほほえみかけて、「邪魔はしないよ」といったが、それはかなり余計な一言だった。誰にも邪魔させてはいけない。もちろんそれは最初に学ばなければならないことだった。だって、人間は絶えず何かに邪魔をされているんだから。ほかの飛び込み選手に、思いがけない水音に、だれか他の人に命令している声に、あるいは、競泳プールの競泳の音に。

わたしはつばを飲みこんで、もう一度試してみた。今回はうまくスイス式の倒立と、美しい逆立ち飛び込みができた。入水《にゅうすい》もきれいに成功した。

シェンク先生が親指をあげた。最上級の賞賛《しょうさん》だ。わたしは気分が軽くなって、時計を見た。あと十分で練習が終わる。そう思いながら、プールから上がりかけた。

そのとき、彼が見えた。驚きのあまり、わたしは水に落ちそうになった。インゴクルーが観客席に座っていたのだ。上から三列目の右。わたしはカルラを探してプールを見た。けれどもカルラはいなかった。ついさっきまで三メートルの板の上に立っていたのに！　カルラは水の中にもいなかった。飛び込み台にも、小さな温水プールにもいない。

シェンク先生が近寄ってきた。「もう練習を終えてもいいわよ。だけど、少しだけ、土曜日の本番のことを話させて。倒立からの逆立ち飛び込みは最後に回しましょう。いちばんうまい飛び込みだから。はじめに飛ぶのは……」

わたしは聞いていなかった。インゴクルーが座っている観客席をちらちら見ずにはいられなかった。いったいカルラはどこなの？　さっき逆立ち飛び込みをしたときから見ていない。カルラは帰ったのだ。わたしは不安になった。たぶんカルラはインゴクルーを見たんだ。わたしは観客席を見あげた。インゴクルーは来てから、まだあまりたっていない。まだ上着を着ているから。観客席に五分以上いると、誰でも上着をむしりとるようにしてぬぐ。あのあたりは三十度以上もあるのだから、当然だ。シェンク先生は「ぜんぶわかりましたか？」とわたしに聞いた。わたしは「ええ、わかりました」と答えた。

カルラはインゴクルーを見て逃げだしたのだ。いったいどうするつもり？　わたしはあわててシェンク先生に別れを告げ、持ち物をひっつかむと、ターコイズブルーの廊下を更衣室に急いだ。思っていたとおりだった。わたしたちのロッカーは開いていた。カルラは自分の持ち物をひっぱりだして、着替えて出ていったのだ。鍵《かぎ》の下の小さな仕切りを見た。二ユーロ硬貨も、カルラはとっていった。わたしのお金なのに。わたしは腹が立った。すべてに腹が立った。

けれども怒っている暇《ひま》などなかった。わたしはすばやく着替えると、プール道具をまとめて上に走っていった。ゲートを無理矢理《むりやり》すりぬけて、観客席につづく大きなガラスのドアまで走った。一番上の列に出ると、もうインゴクルーの姿が見えた。あいかわらず上着を着て、上から三列目の椅子《いす》に座っている。今、立ちあがって階段を数段あがった。不きげんそうだ。少し力ない様子でガラスのドアを引きあけてホールに入ると、カフェテリアとスイムショップと切符売り場に向かう廊下を見回している。カルラを探しているのだ。けれども、カルラはどこにもいない。インゴクルーはプールの建物を出て、路面電車の停留所に向かった。わたしは少し距離を置いてあとをつけた。

路面電車は満員だったので、見失わないように気をつけなければならなかった。追跡されているインゴクルーよりも、追跡しているわたし、重い荷物を背負って髪を濡《ぬ》らした女子生徒のほうがずっと目立つ。電車から降りたところは団地で、わたしたちの高層アパートより少し低めのアパートがたくさん並んでいた。インゴクルーはとても速く歩いていて、追いかけるわたしは息切れがした。大人は信じられないほど足が速い。

ここ数日はめっきり涼しかった。秋のにおいがしはじめ、街路樹もほんの少し紅葉しはじめている。インゴクルーは細い道に入ると、小学校のそばを通りすぎた。わたしたちの小学校と同じような建物だ。そのあと十階建てのアパートが三棟あらわれた。三棟が半円形になるように建っている。わたしたちの団地よりも殺風景《さっぷうけい》な気がする。その理由はわからないけど、もしかしたら、建物がきちんと補《ほ》修《しゅう》されていないからかもしれない。

インゴクルーを尾行するのに問題はなかった。もっと大きな団地に向かっている。わたしは自転車置き場で足をとめて、靴紐《くつひも》を結びなおすふりをした。インゴクルーは鍵を開けて建物に入った。走って追いかけて、どうにかドアが閉まる前に片足をすべりこませた。その姿勢のままネームプレートを見まわすと……あった！　I. Kruse は上の方にあった。インゴクルーがインゴ・クルーゼになった。

住所があり、八階に住んでいる人なのだ。わたしは建物に忍びこんだ。しかし、エレベーターにつながる小さな階段の前に立って、途方に暮れた。エレベーターで上にあがるべき？　それとも、やめるべき？

あがるべきだ。

エレベーターの中はくさくて、落書きだらけ。わたしたちのアパートのエレベーターよりも多いくらいだ。あがる前にガタッとひと揺れした。八階でエレベーターをおりた。左側の廊下の、右側の四番目、つまり、最後のドアがインゴ・クルーゼの家だ。

しばらくドアの前に立っていると、なかからテレビの音が聞こえてきた。もしかしたら、ラジオかもしれない。足音が聞こえた。そのあと蛇口をひねる音も。こんなこと、無意味だ。わたしは下におりた。

八階の一番右の窓を見あげた。あれがインゴの家だ。小さなバルコニーがあって、花が咲いている。すてきだ。カーテンではなく、窓にブラインドがついてるのもいい。わたしの部屋はフリルの多い白いカーテンで、わたしはだいきらいだ。カルラの部屋もブラインドだったのを思い出した。カルラとインゴに共通点がひとつでもあるのはいいこと？　それとも悪いこと？　わたしは考えこんだまま電車に乗って家に帰った。

呼び鈴を鳴らしたけど、カルラは家にいなかった。わたしは不安になった。トレーニングのあと、カルラはどこに行ったんだろう？　わたしたちと同い年の子たちはずっと前からメールでやりとりしている。もしもカルラが携帯を使ってたら、わたしもきっとカルラにメールを書いただろう。けれどもカルラの携帯はたいてい電源が入っていない。電話に出ないし、メールも見ない。

夕食後テーブルをかたづけ、つかった食器を食洗機に入れたあと、もう一度カルラの家に行った。カルラが帰っていたので、わたしはほっとした。「どこに行ってたの?」

「どういうこと?」

「黙って帰ったでしょ、忘れたの?」

「ああ、そうね。歯医者の予約があったのをすっかり忘れてたの」

「歯医者の予約。そう!」トレーニングの時間に、歯医者の予約を入れるなんて、考えられない! そんなのはドイツ語や数学の時間に行けばいい。トレーニングのほうがだいじなのはわかりきってるんだから。

けれども、カルラは口をおおきく開けて、歯の詰《つ》め物《もの》を見せた。もしかしたら、本当に歯医者に行ったのかもしれない。だけど、逃げ出した理由は歯医者ではないはず。わたしはそれ以上カルラを問い詰めたくなかったので、こういった。「ツイックスはおいしかった?」

「そうね」カルラはそういって、心配そうな顔をした。そのときはじめて、カルラに警告してインゴの移住計画を話すのは、わたしの義務ではないかと思った。だけど、スカウト選手権の前に話すのは賢明ではないという点では、わたしもイヴォンヌと同意見だった。

「ところで今日、かなりいいできに見えたけど」わたしは飛び込みの話をした。

「九割ってとこね。十回飛んで九回はうまくいった。あと一回は体を曲げすぎたわ」

「でも、それだって本当にとてもよく見えたのよ」別にカルラをなぐさめるためにいったのではなかった。そんなことは無意味だ。カルラの飛び込みは完璧《かんぺき》だった。体を曲げすぎた？　全然気づかなかった。

「九回はどれも、最悪ってほどじゃなかった。だけど、あの一回はだめ。そう、最後に飛んだやつね。知ってるでしょ？　体をひねったまま入水するのはかなり減点になるの」

カルラのいうとおりだった。体をひねったまま入水するのは、しぶきをたくさんあげたり、足を曲げたりするより悪い点をつけられる。審判に気づかれれば(残念ながら、たいてい気づかれるのだが)そんな飛び込みは0点になる。体をひねって入水すると四分の一回転か、八分の一回転多くひねったことになるので、申告した飛び込みをしなかったと見なされるからだ。そんな規則はフェアじゃないと思うけど、飛び込みの競技規定でそうなっている。競技規定は徹頭徹尾《てっとうてつび》アンフェアだ。いったい誰がこんなものを作ったんだろう？　すべてのルールを全く新しく決めなおせたらいいのに、とわたしはときどき考える。

「最後の飛び込みは、もっとうまくやりたかったの、けど……」カルラはいった。

「歯医者の予約があったのね」

カルラはわたしの顔を見た。「そう」

「そういうときは、ロッカーを別にしようよ。今度から、トレーニングの前にそういって。今日なんてロッカーが開けっ放しだったんだから。鞄《かばん》には携帯もお金も入ってるのに」

カルラは頭をかいた。それからうなずいた。「そうね、その方が賢い。でも、わたしそんなつもりは全然なかったの。これからもいつも同じロッカーを使っちゃだめ？」

「いいわよ」わたしはカルラの言葉がうれしかった。わたしと同じロッカーを使うことはカルラにとって意味があるのだ。

「それじゃあ」とカルラはいった。「また、明日」


わが家の雰囲気は最悪だった。キリルはわたしたちの部屋のパソコンの前に陣どって、つまらないシューティングゲームをしていた。ママはソファに座って、ロシアの主婦用放送局、テレカナル・ダマーシュニイにチャンネルを合わせていた。ママはわたしを手招きすると、テレビの音量をしぼった。

「それで？　必要な飛び込みは、ぜんぶ、うまくできた？」ママは聞いてきた。競技会の前にはいつも根掘り葉掘り聞きたがる。ほかのお母さんたちが、英語の試験の前に試験範囲の単語はみんな覚えたかと聞くように。

「ええ、だいたいね」

「何をやるつもり？」

わたしはママのために飛び込みの名前を六つあげた。

ママは不満そうだ。ママは飛び込みにかなり詳しい。競技の番号もおぼえている。以前はよく、観客席から写真を撮っていた。数え切れないほどたくさん写真があるし、初めのころのビデオは何時間分もある。

「それで、カルラは？」彼女は質問した。

「カルラね。カルラはカルラそのものよ。もちろん、わたしなんかより、ずっと、ずっと上手」

「どうしてそんなふうに思うの？　いつかは追い抜こうって野心はないの？」

「全然。だって、カルラは、本当に、わたしなんかよりずっと上手だもの」

ママはロシアのことわざで答えた。馬には足が四本あるのに、それでもつまずくことがある。けれども、ママが何をいいたいのか、わたしにはわからなかった。

ママはイライラしはじめた。わたしがロシア語を理解しないと、ママはいつでもいらだつ。「ドイツ語ならこういったんじゃないかしら。一番上手な織り手でも一度くらいは糸を切ることがある」そのあとで奇妙に熱心なようすで、つけくわえた。「今にわかる」

わたしは眉《まゆ》をあげた。ママは何を予言したんだろう？　励ましたつもり？　だけど、ママはもう会話を終えて、テレビの音量を大きくしていた。わたしはしばらく隣に座って、ママの気持ちを理解しようと努めた。けれども、疲れてしまったので、立ちあがってベッドに入った。

スタンダップ・フォー・ザ・チャンピオン！

そのあとの二日間はほぼいつもどおりだった。イルカのキーホルダーを返すと、ヨーンはもちろん傷ついた。

週末にせまった競技会の練習にはげんでいるあいだ、わたしは何度もママの言葉を思い出した。**馬には足が四本あるのに、それでもつまずくことがある。**バカみたいなことわざ。だけど、わたしはこのとき、生まれてはじめてカルラに勝ちたいと思った。そして、そんな自分に気づいて、吐き気がした。カルラのほうが優れている。それは法律だった。法律を破ることはできない。

わたしは順調に仕上がっていった。金曜日の夕方には自分らしい飛び込みができた。シェンク先生がほめてくれたけど、カルラのほうがずっと上手だと、自分でわかっていた。優雅さの点でカルラを越えることはできない。それでも二つのことがはっきりした。逆立ち飛び込みはわたしがうまい。イザベルも逆立ち飛び込みはカルラよりうまい。しかも、カルラは逆立ちからのひねり飛び込みのとき、体をひねりすぎることがある。

シャワーを浴びながら、(その日わたしたちは例外的にシャワーを浴びていた。トレーニングが長すぎたせいで、カルラがガタガタふるえはじめたからだ)カルラがわたしにうちあけた。「わたしは九割までしかできないの。残り一割は、いつもうまくいかない。これってどういうことかしら?」

わたしはシャワーごしにカルラにほほえみかけた。「それがふつうよ、カルラ」

カルラは何もいわなかった。

翌朝、わたしは七時少しすぎにカルラの家の呼び鈴を鳴らした。出発は七時半。ドレスデンまでシェンク先生の運転するマイクロバスで約二時間。

パパが早起きして、集合場所まで車で送ってくれることになっている。以前はママがいつも競技会につきそってくれた。だから、ママはハレの飛び込みプールにも、ドレスデンとライプツィヒとロストックのプールにも行ったことがある。だけどママはいつもわたしより緊張した。「おまえの番になると見ていられなくなるのよ」とママがいったので、「それならどうしていっしょに来るの?」とわたしはきいた。

ママの緊張は回を重ねるにつれて、ひどくなった。しまいには吐き気までしはじめ、ママはつきそいをやめた。そのかわり、家にいるときは、パパが集合場所まで車で送ってくれるようになった。

わたしたちは新しい車で行った。銀色のBMWだ。パパはスピードをだした。遅れそうだったから。わたしは速く走るのが好きだ。集合場所に着いたときには、もう全員そろっていた。新しい車をみんなに見せることができてうれしかった。今では、少なくとも車に関しては、イザベルにも負けていない。けれども誰も銀色のBMWをほめてくれなかった。シェンク先生は「みんなで待ってたのよ。あとはアルフォンスが来ればいいだけなの」といっただけだった。

わたしたちはBMWからおりた。

イザベルは両親といっしょだ。お母さんはイザベルの髪をいじっている。お父さんは退屈そうだ。

「やあ、緊張してないかい？」イザベルのお父さんが声をかけてくれた。

カルラは、まるで火星人でも見るみたいに、イザベルのお父さんを見つめた。カルラは一度も緊張したことがない。

「ちょっとぐらい緊張したほうが調子が出るぞ」わたしのパパが冗談めかしていった。パパはほかの親たちみたいに子どものスポーツに夢中になっていない。それよりもむしろ新しい工具とか、チェスの上手な初手の指《さ》し方《かた》などに興味がある。

「もしかしたら、そうかもしれないですね」イザベルのお母さんは娘の髪をなでながらいった。「でも、うちのイザベルは、今朝なんてもうもどしてしまったんです」

わたしはイザベルにはあまり同情しなかった。カルラもきっとそうだ。ひどく退屈そうに眉《まゆ》をあげたからだ。ようやくアルフォンスが来た。アルフォンスのお母さんは小さな赤いルノー・トゥインゴをすっ飛ばしてやってきて、わたしたちが乗っていくシェンク先生のVWマイクロバスのすぐ前に車をとめた。

「みなさん、おはようございます！」アルフォンスのお母さんが一か所に集まっていたわたしたちにむかっていうと、みんなが挨拶《あいさつ》をかえした。たしか女優だって聞いたことがある。美しい女性で、長い茶色の髪をしていた。すっかりリラックスしたようすで、小さな自分の車に寄りかかっている。いっぺんに、うちのＢＭＷが大げさすぎる気がしはじめた。

アルフォンスが車を降りてきて、みんなに挨拶した。「ハーイ」

わたしたちはスポーツバッグを車のトランクルームに積み込むと、見送りの親たちと別れの挨拶をかわした。みんながキスや重要なヒントやアドバイスをくれた。競技会に出発する今、ママだったら、どんなことをいっただろう。きっと、また、あのつまずいた馬のことわざだろうな。「それから、あのことを思い出してね、ナデシュダ。コーニ・オ・チトゥイリョフ・ナガフ、ア・スポティカエツァ」

パパはわたしの肩をたたくと「楽しんでおいで！」といって、すぐに自分の車に乗りこみ、そのまま走り去ってしまった。

もう最初のひとりがバスに乗りこんでいる。わたしはアルフォンスをさがした。どうしたら、アルフォンスの隣に座れるだろう？　急がないと！　カルラの手をつかんでいっしょにバスに向かった。けれどもアルフォンスはもう席についていた。そして、イザベルが隣に座っていた。その隣にティム。列はもういっぱいだ。それならせめてアルフォンスのすぐ前の席に座ろうとわたしは考えた。カルラがわたしの隣にすべりこみ、カルラの隣にはマーロンがやってきた。もちろんんだ。マーロンは決してあきらめない。

ようやく全員がバスに乗りこんだ。シェンク先生がクラクションを鳴らし、全員が窓から手をふった。

わたしのテンションはせいぜいふつうってところ。カルラはいつもより黙りこくっていた。けれどもマーロンはそんなことはぜんぜん気にするようすもなく、すぐにカルラに話しかけた。

わたしはマーロンの話は聞き流して、イザベルとアルフォンスの会話に耳をすました。イザベルがマニキュアの話をしている。イザベルはスポーツ選手の例にもれず、とても迷信ぶかくて、マニキュアのジンクスを信じきっているのだ。

「ピンクとターコイズブルーを交互に塗るの」イザベルがアルフォンスに説明している。「この組み合わせが幸運を運んでくれるの」

アルフォンスは別に感心してはいないようだ。「だけど、この前は七位じゃなかった？」

「あのときは順番をまちがえたの。つまり、ターコイズブルーをピンクの先に塗ってたの」

「それじゃあもちろん違いが出るよね」

「ものすごい違いよ」

わたしはふたりの話を聞きながら、どうやったら会話に加われるだろうと必死で考えていた。イザベルは今度は髪型の話をはじめた。お母さんが複雑な編《あ》み方《かた》で編んでくれるという、その髪型はたしかにとてもかわいく見える。マーロンは今は映画の話をして、ピストルの音をまねしたりしているけど、わたしからいわせればとても子どもっぽい。カルラはマーロンに好きに話させて、ときどき相づちをうったり、ほほえみかけたり(！)している。

誰とも話さず、隅《すみ》っこに押しつぶされるようにして座っているうちに、どんどん気持ちが落ちこんでいった。わたしは携帯を取りだして、ゲームをすることにした。あちこち動くバーを赤いカエルのようなものが飛び越えるゲーム。バーがどんどん高くなるので、カエルのようなものはどんどん高く飛ばなければならない。そのうえ、ときどき空から落ちてくるスライム状の緑色のしずくを、上手によけなければならない。ときにはそれを食べてボーナス点をもらうこともできる。

「二百メートル先を右に曲がってください」カーナビがいった。「目的地付近です」

そのとき突然アルフォンスがわたしの肩をたたいて、かがみこんだ。アルフォンスの息づかいまで感じる。「きみと話したかったんだけど、全然話せなかった」

「わ、わたしも」わたしはつっかえてしまった。

「とても残念」

「わたしも……」

「けど、飛び込みがうまくいくように祈ってるよ」

「わたしも、あなたがうまくいくように祈ってるわ」わたしはがんばってそういった。

その瞬間、わたしは幸せの絶頂にいた。わたしはくだらないアプリをオフにした。新記録が出そうだったけど、そんなことどうでもよかった。

シェンク先生はブレーキをかけた。新記録だ。こんな短時間でドレスデンに着いたのははじめてだった。

そのおかげで少し時間の余裕ができた。お腹《なか》が空《す》いていたわたしは急いでチョコバーを一本食べた。外は寒くて風が強かった。飛び込みプールの建物が目の前にそびえている。その屋根のてっぺんに、飛び込み台に立つ人形の像が見える。カルラはそれを指さして、わたしに質問した。「あそこはどれぐらいの高さかしら？」

わたしは肩をすくめた。とにかく十メートル以上はある。

「なんだかあの人、今日はすぐ落っこちちゃいそうじゃない？」カルラがいった。

「雲のせいじゃない？」わたしはいった。「すごく速く動いている」

「不気味よ」

カルラの言うとおりだったけど、わたしはびっくりした。カルラは高所恐怖症じゃない。五歳の時にはもう十メートルの飛び込み台から飛び込んでいた。わたしはだんだん緊張してきた。

競技会はいつも通りの経過をたどった。着替え。ウォーミングアップ。競技前の飛び込み練習。イザベルは真新しい水着を着ていた。様々な色合いの赤が入った情熱的な模様の水着だった。だけどイザベルには青い水着のほうがよく似合う。赤い水着を選んだのは、たぶん心理学的に見ると赤が勝利の色だからだろう。イザベルのお母さんはいつも些細《ささい》なことにこだわる。

飛び込みはうまくいった。カルラはぬきんでていた。カルラが一番優れていることは、数少ない観客もすぐに気がついた。カルラが飛ぶとき、ホールは水を打ったように静かになった。わたしも、イザベルもすべてうまくできた。マニキュアの塗り方がよかったのだろう。わたしたちが一番いいチームだということは明らかだった。

競技前の練習が終わると、大急ぎで水着の上にトレーニングウェアを着て、入場行進にならんだ。わたしは入場行進が好きだ。入場行進のときにはよく「スタンダップ・フォー・ザ・チャンピオン」

の曲がかかる。今日もやっぱりそうだった。わたしたちはそのリズムに合わせて入場した。観客が拍手する。競技会の参加者は少女八人と少年九人。名前を呼ばれると、前に出なければならなかった。わたしはこれがオリンピックだったらと想像してみた。飛び込みホールいっぱいの観客がわたしに歓声を上げてくれている——そして、わたしは金メダルを取ったばかりだ。

音楽がまた鳴りだした。退場行進のあとで、競技がはじまった。

飛び込む順番は決まっていた。優勝候補のカルラは最後。カルラの前はドレスデンから来た選手。その前がわたしで、イザベルは最後から五番目だった。ということは、わたしたちは、自分が飛び込む前に、ほかの選手の飛び込みが見られるということだ。それにはいい面も悪い面もあった。わたしは最初に飛ぶ方が好きだ。ほかの人たちがどんなに上手に飛ぶかを知ったところで、あまりメリットはない。それどころか、ほかの人が飛ぶのを見ると混乱する。カルラはそういったことすべてをどうでもいいと思っていた。カルラは、先だろうが、あとだろうが、同じように上手に飛ぶ。もし、あとでも先でもなく、中盤で飛んだとしても、うまく飛べただろう。イザベルはその反対で、わたしより先に飛ぶことに腹を立てている。イザベルは自分のほうがわたしより上手だと思っている。もしかしたら、本当にそうかもしれない。けれども競技会でイザベルがわたしより上位になることはめったになかった。

わたしたち全員、最初の飛び込みは前飛び込み・宙返り二回半だった。カルラはわたしの点数よりわずかに上回ってトップに立った。わたしもとてもうまく飛ぶことができた。イザベルは三位につけた。ほかの女子では、三人が宙返り・一回半をしただけだった。

三回飛び込んだあとも、カルラがトップだった。わたしは、わずかな差でカルラを追っていた。イザベルとの差はひらきつつあった。ほかの選手たちはもっと差がついていた。予想どおりだ。

そのあとの種目は、五メートルからの逆立ち飛び込み・宙返りだった。わたしたち三人の中で一番体操の上手なイザベルが、二度目でようやく成功した。イザベルの二度目の倒立は完璧《かんぺき》だったけれども、一度失敗したことでパニックになっていたのかもしれない。入水《にゅうすい》で盛大に水しぶきをあげてしまった。カルラとわたしは顔を見あわせた。イザベルはプールから出てくると、泣きそうな顔でバスローブをはおった。「飛び込み台のせいよ。すきま風が吹いているような気がする」

「そんなことはないはずよ」わたしはささやいた。

「でも、今日はそうなの。わざとそうしてるのよ。わたしたちが失敗するように」

シェンク先生がやってきた。「上はどうなってるの？」

「あそこには風があります」イザベルは主張した。

「風？」シェンク先生は額《ひたい》にしわをよせた。「そんなことがあるかしら？」

「わたしにはわかりません」

シェンク先生は腕組みした。イザベルはよく自分の失敗を他の人や環境のせいにする。イザベルのあとに飛び込んだ選手はいずれも風の問題を感じなかったらしく、いい点数をとった。次はわたしの番だった。わたしの一番好きなスタイルだ。

わたしは自分が震えているのに気づいた。練習なら決して震えないのに。イザベルの失敗で不安になっていたのかもしれない。五メートルの高さに立って観客席をのぞいてみた。上の扉が一つ開いているのが見えた。マズい。気をそらせてはいけない。精神を集中しなければ。そう、わたしは思った。そのとき笛の音がして、わたしは前に進み出ると、飛び込み台の縁《ふち》に両手をついた。突然、ママの言葉を思い出した。ますますマズい。試合のときに、両親のことなんて考えちゃいけない。何も考えちゃいけない。最後の瞬間、わたしは意識を集中させ、自分の体を自動で制御《せいぎょ》することに成功した。まるでオートパイロットみたいに。わたしはわたしの中の照準を、完璧な逆立ち飛び込み・宙返りに合わせた。

それは完璧だった。入水のとき、そのことを実感した。その逆立ち飛び込み・宙返りでわたしは八点〔満点は十点〕を二つもらった。

カルラの逆立ち飛び込み・宙返りの点数はわたしより少し低かった。今ではわたしとカルラの差はたった〇・五点。ほんとに僅差《きんさ》でしかない。

あんなに気が散っていたにもかかわらず成功したおかげで、わたしは気が楽になった。カルラはわたしをつついていった。「今日はとても調子がいいわね」

カルラのその言葉で混乱したせいで、次の種目はあまりうまくいかなかった。ほとんど全員がうまくこなしたのに。カルラは今ではわたしにゆうゆう差をつけている。わたしはかわらず二位。けれども、ほかの選手たちとの差は縮まりつつあった。イザベルも五位につけている。

最後の飛び込みは全員がひねり飛び込みだった。大部分の選手がわたしと同じ、半分ひねりを入れた一回半後ろ宙返り、つまり五二三一Dだった。カルラだけが五一三二Dをすることになっていた。

五二三一Dもうまくいった。そんなにすばらしいわけじゃなかったけど、ほかの人たちよりはよかった。わたしはその点数に満足して水からあがった。そのとき彼が見えた。観客席の上のほうにインゴが座っていたのだ。インゴだと、わたしは確信した。このあいだと同じ革《かわ》の上着を着て同じ髪型をしている。ぞっとした。わたしたちをつけているのだ。そう、なぜかわたしはそのとき「わたしたちをつけている」と思った。きっとカルラだけを追いかけていたにちがいないのに。ちらっとカルラを見てみた。カルラはそこに座っている。とてもおちつきはらって、すべて順調なようすだ。まだインゴを見つけていない。ああ、お願いだから、どうかこのまま見つけないで！

カルラは準備を終えると、三メートルの飛び込み板にあがった。どんな小さな動きも見逃さないように観察していたのに、そのあとでカルラに何が起きたのか、正確にいうことができない。顔にも仕草にも変化はなかった。おちついて笛を待ち、おちついて前に歩み出て両腕を広げ、カルラは跳躍《ちょうやく》した。すべて完璧だった。けれどもそのあとで何かがカルラを混乱させたようだった。がくんとひねりが入り、宙返りが少し傾いた。そのせいでカルラは体をひねったまま入水してしまった。余分なひねりは四分の一もないくらいだったのに、審判員はそれをちゃんと見ていて、0点をつけた。

カルラはチーズのように青ざめたまま、プールのふちにぶらさがっている。ホールは死んだように静まりかえっていた。わたしの体は石のように硬《かた》くなっていた。カルラはいつ、インゴを見たんだろう？　もしかしたら、空中に飛び出してから？

カルラは水からあがろうとしている。シェンク先生がカルラのもとに急いでいる。まるでひどい怪《け》我《が》でもしたみたいに。わたしはイザベルを見た。イザベルもショックを受けているみたいだ。試合はこれで終わった。

わたしはインゴを見あげた。すぐそこに立って、女の人と話をしている。そしてブロンドの小さな女の子と手をつないでいる。その男の人はインゴなんかではは全然なかった。インゴよりずっと背が低く、ずっと力が強そうだ。

表彰式ではうそみたいにちやほやされた。わたしが優勝したのだ。イザベルが三位で、カルラは七位。金メダルは青と白のリボンにぶらさがって、ぴかぴか光っていた。まるで本物の金でできているみたいに。わたしは観客席を見あげた。インゴじゃなかった男の人はもういなくなっていた。ああ、神様、とわたしは思った。どうしてカルラはあんなに混乱してしまったのだろう？　それとも、原因はあのインゴに似た男ではなかった？　もしかしたら、演技がうまくいかなかっただけ？　カルラ自身が不安を感じていて、いつも九割しかうまくできないといって悩んでいたのだから。つまずいた馬のことわざをもちだすママの声がまた聞こえたような気がした。カルラが失敗したおかげで、わたしは勝った。けれどもそれは正当な勝利じゃなかった。審判員たちはアンフェアだ。カルラに四点ぐらいつけてもよかったのに。いつもは若い選手はそんなに厳しく採点しないのに。カルラが一番だということは、ここにいる全員が知っていた。それなのに、わたしが表彰台の一番上にいた。これまで一度も立ったことがなかったのに。でもわたしの中のどこかが喜んでいた。まるで喜びの火花だった。許されない喜びの小さな火花。

シェンク先生は、わたしのことを誇りに思う、本当にうまく飛んだといってくれた。ミスはひとつもなかった。ひとつもミスしないで飛んだ人が一番いい選手なのだと。

もちろんシェンク先生はカルラをなぐさめた。けれどもカルラにはそのなぐさめは届かなかった。カルラのまわりにはだれも通れない分厚い壁がはりめぐらされていた。シェンク先生が何をいっても、カルラは返事をしなかった。カルラの沈黙は氷のように冷たく、帰りのバスの中でもそのままだった。わたしたちには喜ぶ理由だってたくさんあったのに。マーロンは意外にも三位になり、アルフォンスが面倒を見ていた小さな選手たちのふたりも、同じように好成績をおさめていた。わたしたちは最良のチームだった。

カルラががっかりしていたかどうか、わたしにはわからない。カルラはある意味で野心的ではなかった。カルラには順位などどうでもよく、重要なのは完璧な飛び込みをすることだけだった。カルラにとって勝つこととは能力の論理的な結果に過ぎない。今このとき、カルラはほかの全員と同じようにショックを受けていた。シェンク先生も審判員たちの厳しい判定を嘆《なげ》き悲しんでいた。どうしてカルラにあんなに厳しいの？　誰でも優勝候補には厳しい。それは明らかだ。誰もが優勝候補が失敗するところを見てよろこぶ。だけど問題はそんなことじゃない。カルラは両親やコーチに厳しく鍛《きた》えられた野心的な選手ではない。カルラは飛び込み台の女神なのだ。飛び込み台の上、あの高さには、二人目の神は存在できない。

それでも、わたしは喜んでいた。そう、喜びはどんどん大きくなった。

わたしたちのソフトキャンディー

わたしのメダルが、せまいわが家を宮殿のように輝かせた。お祝いにピザを注文した。キリルまで上きげんではしゃいでいる。同じ日にあったチェスの選手権で勝ったからだ。パパも鼻高々で、ママとウォッカを飲んでいる。今日はパパの休暇の最後の日、明日の朝は石油プラットフォームに帰らなきゃいけない。

翌朝、とても早い時間にパパを見送った。これからたっぷり二週間、パパは家を離れることになる。パパがいないと、夫婦げんかの回数はへるけど、そのぶん淋《さび》しくなる。今はスカイプがあるから、もしかしたら少しはマシかも。わたしは窓を開けてパパに手をふった。パパは車に乗りこんで発進した。冷たい風が部屋に吹きこんできた。

「ナージャ、窓を閉めなさい！」ママがさけんだ。ママは決して手をふらない。「そろそろ出かける時間じゃないの？」ママがそうたずねた。わたしはそのとき、カルラに合図するために、部屋の壁をたたくべきかどうか考えていた。小学校に入学して以来、はじめてのことだった。わたしが勝たせいで、いっしょに学校に行きたくなくなってたらどうしよう。カルラがわたしと仲良くしていたのは、もしかしたら、自分がいつも勝っていたからなのかも。でも、そんなおかしな考えはわきにおいて、何もかもこれまでと同じようにしようと、わたしは決心した。そこで、七時十五分に部屋の壁をたたいて通学鞄《かばん》を準備すると、ママに出がけの挨拶《あいさつ》をして家を出た。カルラはもう外に立っていた。見たところ、いつもと同じカルラだ。ほかの人たちが見たら、なんていうかはわからないけど。「ハーイ」とわたしはいった。

「ハーイ」とカルラはいった。

わたしは何か話したかった。たとえば、パパが石油プラットフォームに向けて旅立ってしまったこととか。でもやめることにした。カルラにパパの話をしたことは一度もない。ふたりとも黙りこんだまま、キックボードで学校に向かった。

午後のプールではすべて今まで通りだった。にもかかわらず、わたしには何もかもがこれまでとちがう気がした。自販機の前でわたしは聞いた。「何番?」

カルラはいろんなお菓子に視線をさまよわせた。「七十三」

わたしはほっとした。いつもの番号だったからだ。カルラが選んだのは「フリット」というソフトキャンディーだった。二回に一回はカルラはこれを選ぶ。わたしがコインを入れると、らせん型のばねが正しく回転してフリットが落ちてきた。わたしはおつりの三十セントを受けとった。カルラは包装紙をやぶると、つながったソフトキャンディーを二つかじりとってから、残りの三つを差しだした。

「ありがとう」わたしはいった。

「ハロー、ナージャ！」名前を呼ばれてふりむくと、アルフォンスがわたしにほほえみかけていた。あまりにも嬉《うれ》しすぎて、わたしはたいして考えもせずに、受けとったばかりのフリットをアルフォンスに差しだしていた。

「わっ、ありがとう！」アルフォンスはそういって受けとった。

なんてバカなことをしたんだろうと、すぐに思った。アルフォンスに、あのすてきなアルフォンスに、かじりかけのソフトキャンディーなんかをあげるなんて！　でも、アルフォンスはそんなにいやだとは思っていないようだ。むしろカルラが腹を立てて、厳しい目でわたしをにらんだので、わたしは目をそらした。

わたしたちは窓口を通りすぎ、並んでゲートを通った。アルフォンスが最初で、その次がわたし、カルラが最後。

着替えの間、カルラはいつもより口数が少なかった。ソフトキャンディーをアルフォンスにあげたから腹を立てているのだ。自販機のことはカルラとわたしの間だけのことで、他人は関係ないと思っているのだろう。だけど、わたしは何もいわず、カルラがそのまま忘れてくれることを願った。いつものようにグループ分けではカルラとべつのグループになったけど、つらいとは思わなかった。でもトレーニングにはどうしても集中できなくて、気づけばずっとカルラを見ていた。

わたしのグループはひねり飛び込みに苦戦していた。カルラは三メートルの飛び込み板から後ろ飛び込み・二回半宙返りを練習していた。バブルマシーンのスイッチが入っていた。プールの底のノズルから水中に空気が吹き込まれるのだ。水が泡立つと、おなかや背中で入水《にゅうすい》しても痛くなくなる。でもカルラにはそんなもの必要なかった。カルラは一度で成功する。

そのあとで陸トレを終えたアルフォンスが飛び込みプールにやってきて、わたしたちの右側の飛び込み台から飛びはじめたので、わたしの集中力は完全に切れてしまった。ずっとアルフォンスのほうばかり見ていた。アルフォンスも何度もこっちを見ていた。週末に大会を終えたばかりなので、いつもより少し早くトレーニングを終えてよかった。うれしい。すっかり凍《こご》えていたけど、今日はいつもより長く温水プールにつかれる。温水プールの隅っこで気持ちよく暖まっていたら、突然マーロンがよってきて、わたしを水中に沈めた。それを見たアルフォンスが、マーロンを沈めたが、すぐに今度はティムがアルフォンスを沈め、ついでわたしがティムを沈めた。一瞬で体が熱くなり、わたしたちは思うぞんぶんふざけた。

カルラだけは入らなかった。カルラには温水プールは不要だ。本当に冷えたときは、もっとトレーニングをした方がましだと、カルラはいつもいう。わたしは温水プールから何度もカルラを見た。実際カルラは、わたしたちが沈めあって遊んでいる間ずっと練習して、わたしたちが遊び終わる直前に、バブルマシーンなしで完璧《かんぺき》な後ろ飛び込み・二回半宙返りを成功させた。

そのカルラももうトレーニングをやめている。帰る時間だ。わたしはアルフォンスやほかの男の子たちに別れを告げて、水泳道具をまとめ、カルラといっしょに飛び込みプールのホールをあとにした。

わたしたちは長いターコイズブルーの廊下を歩いていった。その廊下は、一二九三番のロッカーや入り口のゲートと同じように、わたしたちの生活の一部だった。そのときカルラがいった。「どうしてフリットをあげたの？　アルフォンスが好きなの？」

すぐには返事できなかった。どうして、あの呪《のろ》われたソフトキャンディーをアルフォンスにあげたりしたんだろうか？　もちろん、アルフォンスが好きだからだ。でもそのことを認めたくなくて、わたしはいった。「好きなんかじゃないわ」

「あれはわたしたちのフリットよ」

カルラのいうとおりだ。でもわたしはひどく腹が立った。悪いことは何もしていないのに、どうして、わたしばっかり問い詰められるの？　カルラのいったい何がそんなにえらいっていうんだろう？

「それはそうかもしれないけど、一度くらい、いいじゃない？」

カルラは何もいわなかった。それでわたしはさらに腹が立った。

「知ってる？」といって、わたしがくってかかったので、カルラはびくっと体をちぢめた。「わたしだって、だんだんばからしくなってきた。自分が誰よりも優れていると思ってるんでしょ。でも、あんたなんてサイテーよ。この前だって、たった一度勝てなかったぐらいでむっつりしちゃったヤーンおじょうさまのせいで、バスの中が二時間、お通夜みたいな雰囲気だったのよ。ちっとも喜べなかった。そうよ。それにわかってるでしょ？　どうして、自分がそんなにきげんが悪いのか。お母さんにあのインゴって恋人ができたからよ」

わたしは効果をねらうみたいな間《ま》をとった。けれども、ほんとうはちがった。息切れして、息継ぎをする必要があったのだ。カルラはわたしがインゴの名前を知っていることに気づいたのだろう。びつくりしたようにわたしの顔を見ている。

「けど、何ていえばいいの?」わたしはつづけた。「独りでいる女の人が恋人を探すのは当たり前でしょ。まったく普通のことよ! なのにあれ以来あなたに話しかけることすらできなくなった……そうよ、あの時まではそんなことなかったのに……だけど、いいこと教えてあげる。お母さんとあのインゴは、シュヴェットの近くに引っ越したいって思ってるんだから」

「は?」カルラの口はぽかんと開いたままだ。「なんで、そんなこと知ってるの?」

「ふたりが夜中に話しているのが聞こえたのよ。名前だって知ってるわ。インゴ・クルーゼ。それにインゴが遺産を相続したことも知ってる。湖のほとりの農園つきのお屋敷よ。コウノトリもいるんだって。インゴはいってたわよ、あなたたちをつれてそこに引っ越したいって」

「彼はそういったの?」カルラはささやいた。わたしたちは長いターコイズブルーの廊下の端《はし》にたどり着いていた。わたしはガラスのドアを押して開けた。「ほんとうにそういったの?」

その瞬間、今話してしまったのは大変な失敗だったことに気づいた。突然カルラがわたしの手からロッカーの鍵《かぎ》をむしりとって、駆けだしたからだ。わたしはびっくりしすぎて、そこに突っ立ったままカルラを見送ることしかできなかった。カルラは白いタイル張りの通路を走って、その先のドアの向こうに姿を消した。追いかけるべきだったかもしれない。でも、できなかった。アルフォンスがやってきたからだ。アルフォンスはきっとわたしたちのけんかを聞いていただろう。

「どうしたの?」アルフォンスはわたしに聞いた。

わたしはため息をついた。「頭が変になったみたい」

「試合に勝てなかったから？」

「ううん。でもわかんない。いや、わかるような気もするけど……」わたしはつっかえてしまった。

「でも、いいたくない？」

「うん。ごめんね。複雑なの。とにかく今は話せない」わたしは頭をかいた。いっぺんに恐ろしく寒くなった。

「足の指が青いよ」アルフォンスが指摘した。

「そうね。冷えすぎると、いつもこう」

「ひどいな」

「いままで気づかなかった？」

アルフォンスは首をふった。「で？　ぼくがいいたいのは、カルラはどうしたの？　ってこと。追いかけなくていいの？」

わたしはいった。「たぶん、もう着替えて、帰ったわよ」

その通りだった。ロッカーは開けっ放しで、カルラの持ち物はなかった。

イザベルが入ってきた。「けんか？」イザベルが聞いた。

「ええ」

「土曜日にナージャの方がうまかったから？　本当にそうだったわ。わたし、あなたにいうべきかしら？　あなたが勝って、みんな、とても嬉しかった。カルラは負けでもしなきゃ、うぬぼれすぎて死んでたわよ」

「別にカルラはうぬぼれてなんかいないわ」

イザベルはわたしを口を開けたままじっと見ていた。「ああ、ナージャはカルラの友だちだもんね。でも、今まで一ぺんだってそう思わなかった？　あの子、たぶん自分は飛び込み台の女王かなにかのつもりでいるのよ」

「でも、本当のことじゃない」

イザベルはますますおどろいた顔で、わたしを見つめた。「本気でそう思ってるの？」

「当然よ」

「あなた、カルラに依存《いぞん》しすぎ。自分が利用されてることに、まだ気づいていないの？」

「わたしが利用されてる？」わたしはバカなふりをしてごまかした。だって、その瞬間わたしは利用されつくしたという思いに打ちのめされていたのだ。

「そうよ、ナデシュダ・ミュラー。カルラにお菓子を買ってやって、カルラの後を歩いてる。あなたのお母さんなんてカルラに水着まで買ってやってるじゃない。そして、カルラに勝ったとき、――カルラじゃなくて、自分が優勝したときでさえ、ほほえむ勇気すらない」

「だって、カルラの方が上手だもの」

「そんなことない。カルラは飛び込みを完全に失敗した。あんたはひとつも失敗しなかった」

わたしは黙った。そのとき初めてロージがいないことに気づいた。イザベルに何ていえばいいかわからなかったので、わたしはいった。「ロージがいない」

イザベルはそれには答えず、わたしの脇腹《わきばら》をつついた。「ねえ、喜びなさいよ！」

「でも、カルラが帰っちゃったのよ……」

「迷子になるような年じゃないでしょ」イザベルはいった。イザベルはわたしにほほえみかけた。偽りのほほえみだ。イザベルはただ、カルラが勝てなかったから、意地悪く喜んでいるだけ。カルラ！　カルラと話さなきゃいけない。どうしてもカルラに会わなきゃ！

わたしは大急ぎで着替えて、イザベルに別れを告げると、プールの建物を出た。一人きりでキックボードに乗って帰るのは、これで生まれて三度めだ。

アパートにつくとまず、カルラの家の呼び鈴を鳴らした。誰もいない。まあ予想どおりだ。わたしは自分の家の呼び鈴を鳴らした。

ママがドアを開けてくれた。「何が起きたの？」ママはたずねた。

「どうして？」

「すごく……ひどく息が切れてるわ」

「そうよ。はやく帰りたかったの」

ママはわたしを解放してくれた。

部屋にもどると、幸いキリルはまだ帰っていなかった。ベッドにあがって、穴からカルラの居間をのぞいてみた。暗くて静か。静かすぎる。

宿題のあとは夕食だった。キリルがチェスに行って家にいない月曜日の夕方が、わたしは好きだ。

それなのに、その日、わたしは不安でたまらなかった。カルラが家に帰っていないような気がした。

夕食のあと、すぐ部屋にもどって、また穴をのぞいた。心配していたとおりだった。居間は暗いまだ。人のいる気配はまったくない。だが、そのあと玄関にあかりがついた。足音がする。誰かが洗面所に入った。たぶん洗面所だ。廊下の右側が明るくなったから。カルラだろうか？　それともイヴォンヌだろうか？　そう考えたあと、たぶんイヴォンヌだと思ったが、それは正しかった。すぐに洗面所から出てきて「カルラ？」と呼ぶ声がした。

一瞬、わたしは願った。どうか、カルラが寝ていますように。イヴォンヌも同じことを考えたらしく、カルラの部屋のドアが開いた。それがわかったのは、廊下の左側が明るくなったからだ。「カルラ？」イヴォンヌはもう一度名前を呼んだ。返事はない。イヴォンヌは居間のあかりをつけて、あたりを見まわしている。もしかしたら、置き手紙かなにかを探しているのかもしれない。イヴォンヌは目をこするようにして、何かつぶやいたあと、あかりを消して居間を出た。

わたしは洗面所に行って後ろ手にドアの鍵を閉めた。それからセーターを脱いで、下着も脱いだ。浴槽のふちに立って自分の体を観察する。わたしはずっと、子どものままでいられるように、無垢《むく》なままで、性別のないままでいられるようにと願ってきた。長い間、ひょっとしたら自分は男の子かもしれないとも思ってきた。だけど今はもう、その疑いはなくなった。明らかにわたしは女だ。このことは変えられない。だから女であることと折り合わなきゃいけない。そのとき、都合のいい考えが頭に浮かんだ。胸がなかったとき、わたしは一度も勝てなかったのに、胸が大きくなってきたら、わたしは勝てた。そう考えると、なんだかなぐさめられた。胸なしで負けるのと、胸があって勝つのでは、やっぱり胸があって勝つ方がいい。けれども、またカルラに悪いような気がした。一度でもカルラに勝てたことに満足している自分に、そのときようやく気づいたのだ。その瞬間、呼び鈴が鳴って、ママがドアを開けた。イヴォンヌの声が聞こえる。わたしはあわてて浴槽のふちからとびおり、洋服を着てドアを開けた。

「ナージャ」イヴォンヌがいった。「今日はカルラといっしょに帰らなかったの？」

わたしは首をふった。「わたしたち、けんかしたの」

「けんか？」ママとイヴォンヌは異口同音《いくどうおん》にそういった。

「でも、今まで一度もしなかったのに」イヴォンヌは腑《ふ》に落ちないようすだった。

「でも、今日はしたの」わたしは腕を組んだ。「そうしたら、そのまま走っていっちゃった」

「走っていっちゃった？」ママが質問した。「なんで、いわなかったの？」

「わたしたちの問題だから」わたしは腕をさらにぎゅっと組んだ。

「けんかの理由は？」イヴォンヌが聞いた。「まさか試合のことではないわね？」

「ちがいます」

イヴォンヌはほっとしたようだった。「心配だったのよ。カルラがどう受けとめるかわからなかったから。これまでずっと勝ちつづけてたんですもの。でもそのことがいいと思ったことは一度もなかった。負けを学ぶ必要もあると、ずっと思っていたわ」

「でも、どうしてそんなことを学ぶ必要があるんですか？」わたしは聞いた。「カルラは一番上手なのに」

「スポーツに負けはつきものよ」イヴォンヌはいった。まるで法律であるかのように。だけど、ほかの誰よりもずっとずっとずっと優れているという理由で、誰にも負けることのない人だっているはずだ。そんな人まで、負けを学ぶ必要があるの？

「それじゃ、なぜけんかしたの？」イヴォンヌはさらに追及してきた。

そう、こうなったらわたしはあのことをいわなきゃいけないんだろう。カルラが家に帰っていないんだから。でもそうなったら、盗み聞きしたことも、あの穴のことも話さなきゃいけなくなる。「学校のことでです。たいしたことじゃないんです」

「たいしたことよ。走っていってしまったなんて」

「いいえ」わたしはいった。「そんなに大げさなことじゃ……わたしだって、なんでカルラが走っていっちゃったのか、すぐにはわかりませんでした。カルラはわたしからロッカーの鍵をひったくるみたいにして、更衣室に駆け込んだんです。わたしが行ったときには、もういませんでした」

「着替えもしないうちに？」イヴォンヌがいった。「どうして追いかけてくれなかったの？」

「家に帰ってこないなんて思わなかったからです。それに、わたし、彼女の見張りじゃありません」

イヴォンヌは黙り込んだ。わたしの言い分にも分《ぶ》があるとたぶんわかってくれたんだ。

「でも、家に帰ってきたときに、どうしてすぐにカルラの家の呼び鈴を鳴らさなかったの？」ママが割って入ってきた。

「さっきもいったけど、まさか家に帰らないなんて、思わなかったから」

「そうね、でも、いったいどこに行ったのかしら？」イヴォンヌがきいた。

わたしには心当たりがあった。イヴォンヌに話すべきだったかもしれない。けれども、そうはしなかった。

イヴォンヌはため息をつくと、呟《つぶや》いた。「まったく、飛び込みのせいだわ。よくないって、わかっていたのに……」問題は全然べつのところにあるのに、イヴォンヌはまったく気づいていない。わたしはそれとなくほのめかした。

「でも、もしかしたら、飛び込みは関係ないのかもしれません。ひょっとしてカルラとけんかしませんでしたか？」

「わたしが？」イヴォンヌが腹を立てて大声を出した。「うちにはなんの問題もありません。一切隠すこともないわ」

わたしは心の中で笑わずにはいられなかった。イヴォンヌはひどいうそつきだ。

「あの、直接けんかをしたとかではなくても」わたしは訂正した。「わたしがいいたかったのは、誰か……家族以外の誰かのことで……」

「ほかに家族はいないの」イヴォンヌはいった。わたしはイヴォンヌの両親はもういないことを知っている。兄弟も姉妹もいない。そしてカルラのお父さんは亡くなっていた。

「いったいあんたたちの間に何があったの、ナデシュダ？」ママも知りたがっている。

「けんかしただけよ。誰だって、けんかぐらいするじゃない」

「でも、いままで一度もしなかったのに」

「わたしが勝ったことだって、一度もなかったわ」

「それじゃ、やっぱり飛び込みが問題なのね」イヴォンヌが結論づけた。

「飛び込みのせいじゃないんです」わたしはもう一度説明しようとした。「カルラは練習のときはいつもと同じでした。後ろ飛び込みの二回半だって成功させていました」

「それじゃ、どうしてトレーニングのあとでけんかしたの？」

「ナージャが言いたがらないところをみると」ママはバカみたいにクスクス笑った。「ひょっとして男の子のせいじゃない、ちがう？」

わたしはほっとした。男の子はいつだって、女の子のけんかの原因の第一位だ。

「そ、そんな……」わたしはとても苦痛に感じているようなふりをして、口ごもった。

「ごらんなさいよ」ママはイヴォンヌの肩を軽くたたいた。「恋をすると友情が破綻《はたん》するのよ」

「それが理由なの？」イヴォンヌはきいた。

わたしは口ごもりつづけた。図星だったような印象を与えるために。

「きっとすぐに帰ってくるわよ」ママがイヴォンヌをなぐさめた。

イヴォンヌは、完全には納得していないようすで、肩をすくめた。それから向きを変えて帰りかけた。「まだ警察には行かなくてもいい？」

「警察？」わたしはついそう口に出してしまった。

「あと二時間は待ってみたら」ママがいった。「携帯はもう試してみたの？」

「うちの娘は」とイヴォンヌはいって、またため息をついた。「携帯のバッテリーが三日つづけて空っぽでも気にしない、世界でただひとりの女の子なんです」

そういうと、イヴォンヌは出ていった。ママはドアを閉めると、非難するような目つきでわたしを見た。「ナージャ、本当のことをいいなさい！　あんた恋をしたんでしょ？」いつも恋なんてスポーツの邪魔だといってるくせに、ママはうれしそうだった。

「バカじゃないの」わたしはいった。「わたしはカルラが心配」

「アルフォンスね？」ママは質問をつづけた。

「まさか！」

「ふん。だから前に、あんなに微《び》に入り細《さい》をうがって、アルフォンスが面倒を見ていた子たちの話をしたのね。怪しいと思ってたのよ」

「微に入り細をうがってだなんて。わたしはそんなことしなかった」本当に覚えていない。小さな子たちが勝ったことは話したけど、それ以上は何も話さなかったはず。わたしはママの記憶力を呪った。ママは今でも選手全員のことをちゃんと覚えている。年齢、髪の色、名字や、メールアドレスまで。練習につきそっていたころに覚えたらしい。そのうえみんなの両親まで知っている。とうぜん、アルフォンスがハンサムだってことも。

「二つ年上だったわね」

「そうかもね。きいて。わたしはアルフォンスに恋なんかしていないし、アルフォンスもわたしに恋していません」

「あんたはそう簡単には恋をしないでしょうね。こんな髪型をしてたら、無理もないわ。ぜんぜん女らしくないんだから」

わたしはため息をついた。「髪型なんて本当にどうでもいい。カルラが……」わたしは口ごもった。

「カルラもアルフォンスに恋してるの？」ママは明らかにわたしの話を聞いてない。

「いいえ。ママ。誰もアルフォンスに恋なんかしていないわ。わかった？　だ、れ、も、よ！　いいかげんにして！　もう、ほっといてよ」

わたしはその場をはなれて、ベッドに身を投げ出した。考えなくちゃ。カルラはインゴの家に行ったんだ。わたしはそう確信していた。だけど、なんのために？　どうするつもりなの？　ところが、わたしはそれ以上考えられなくなった。キリルが帰ってきたのだ。

「おい、どうした？　具合でもわるいのか？」わたしが暗い中で横になっているのを見て、キリルがきいてきた。

「いいえ」わたしは起きあがった。びっくりした。わたしの体調なんて一度も気にしてくれたことがないのに。わたしは兄の顔をじっと見た。突然、初めてキリルの顔を見たような気がした。キリルについて、わたしはいったい何を知っているんだろう？　チェスをしてることと、優等生だってことは知っている。でも、それで全部だ。ニキビだらけの見知らぬ他人と部屋をわけあっているような気がしてきた。

「夕飯、なんだった？」彼はきいた。

ああ、この見知らぬ少年は腹ぺこなんだ。わたしはそう思った。「スープよ」

「肉はなし？」

「ないわ、肉はなし」

キリルは向きを変えて部屋を出ていった。ドアは開け放したままだ。わたしは時計を見あげた。八時。カルラはまだ帰っていない。

ブルートヴルストはなし

「もう寝る」わたしはそういってママにキスした。

「もう？」ママはきいた。

「疲れたの」

わたしは洗面所に行って、しばらくそこにいた。トイレの水を流し、スリッパでわざと大きな音を立てて自分の部屋にもどる。それから毛布の下にクッションをいくつか入れ、ベッドに寝ているように見せかけてから、上着をきて靴をはいた。部屋のドアを静かにあけて、せまい玄関スペースのほうをうかがう。ママとキリルは台所だ。台所のドアはちゃんと閉まっていない。わたしは足音を忍ばせて台所のドアの前を通りすぎ、玄関のドアをするりと通りぬけて、音を立てないようにそっと閉めた。カルラを探しに行くつもりだ。

わたしは階段を駆けおりた。家の前とか、近くの通りとか、あるいはSバーンで、すぐにカルラに会えることを願いながら。

もちろん、会えなかった。Sバーンに乗ってプールの駅まで行き、そこで路面電車に乗り換えて、インゴの家まで行った。

暗くなるとすべてがちがって見える。道をさがすのはたいへんだった。高層アパートは昼間よりももっと似通《にかよ》って見える。道を歩いている人はすくなかった。ほとんどの人が犬をつれていた。わかれ道にくるたびに、迷子にならないよう通りの標識を確かめた。だけど十五分後にはどうにかインゴ・クルーゼの住んでいるアパートの前に立っていた。わたしは突然不安になった。カルラは本当にここに来たのかしら？　インゴの呼び鈴を鳴らすべき？　いいえ、だめ。まずアパートに入ろう。そういうわけで、呼び鈴をいくつか同時に鳴らしてみた。誰かが入り口のドアをあけてくれた。わたしは大急ぎでエレベーターに乗った。

八階の明かりはついていて、インゴのドアはすぐに見つかった。ところが廊下の明かりはすぐに消えてしまった。

インゴのドアの前。夕食のにおいがする。酸っぱいにおい。ザウアークラウトだろうか？　ザウアークラウトとブルートヴルスト〔豚の肉、脂肪、血でつくるソーセージ〕？　わたしはブルートヴルストが好きだ。幼稚園のころは一番好きな食べ物だった。ママいわく一番ドイツらしい料理だそうだ。わたしは、カルラがインゴ・クルーゼとなかよく食卓についてブルートヴルストを食べているところを想像した。そのあとカルラはブルートヴルストが好きではなかったことを思い出した。カルラは何でも食べた。ほうれん草だろうが、牛の臓物だろうが、グリーンピースのチリソース煮だろうが、オートミールだろうが、焦げたジャガイモさえも。でもブルートヴルストだけは食べない。

もしかしたら、どこか全然べつの家の匂《にお》いかもしれない。ドアに耳をあてると、中で足音がしたような気がした。呼び鈴をならそう。ドアをあけてくれたら、カルラのことをきいてみよう。インゴがカルラを知らなかったり、カルラがそこにいなかったら、まちがえたふりをすればいい。

呼び鈴はかん高く響いた。そのあと静寂が支配した。建物全体がいっぺんに死に絶えたように静かになった。とにかくそんな気がした。逃げよう。わたしはそう思って、体の向きを変えて、駆けだした。

ずっと下までおりたとき、上の方でドアが開く音がした。わたしはちょっと足をとめた。インゴが大声で「ハロー？　どなた？」ときいているのが聞こえた。わたしは走りつづけた。

アパートの外に出て立ちどまった。どうしよう？　インゴの家にはカルラはいなかった。なぜあそこにいるはずだと、あんなに思いこんでいたのか、自分でもわからなくなっていた。これからどうしたらいいかもわからなかった。わたしは路面電車の停留所まで行って、家に向かう電車に乗りこんだ。

四人掛けの席にひとりで座ると、向かいの座席に新聞があった。誰が置いたか知らないが、その人はわたしのために置いてくれたのだ。取りあげて開くと地方面だった。ある見出しに目が釘付《くぎづ》けになった。**改修作業は冬じゅうつづく予定**。それから、写真が目に入った。屋外プールだ。悲しい光景。水の入っていない屋外プールほど悲しいものはない。すぐにあそこだとわかったのは、滑り台とプールの形。カルラといつも行っていた、あの屋外プールだ。

あそこだ。その瞬間ひらめいた。全然論理的とはいえなかった。カルラがそんなところにいるなんて。秋に空っぽの屋外プールに行く理由なんてない。にもかかわらず、それはありえた。そして、それしか考えられなかった。わたしは突然、カルラが屋外プールにいると確信した。それ以外の場所を思いつけなかったせいかもしれない。とにかく行ってみることに決めた。

路面電車を二度乗りかえたあと、少し歩かなければならなかった。やがて、わたしはプールを取り巻く柵《さく》のそばに立っていた。

柵を乗り越えるのは難しくない。カルラとわたしは一度だけ入場料をケチって、やってみたことがあった。そのときだって、柵の高さよりは、誰にも見られないことのほうが問題だった。おあつらえむきの場所が一、二か所あったけど、あまりおすすめはできない。警備員たちだってとっくに気がついているし、そのとき入れたのだって純粋な幸運にすぎない。おまけにイラクサの藪《やぶ》に飛び込んだので、足がかぶれて数日間まっ赤だった。

今は警備員もいないし、イラクサも生えていない。しかも、まっ暗で、通りに人気《ひとけ》もなかった。わたしはあっという間に柵を乗り越え、広い芝生をぬけて、プールに向かっていた。掘削機《くっさくき》が一台、プールのそばに立っている。どこかに穴を開けはじめたのだ。このプールをいったいどうしようっていうんだろう？

大きなプールに入る前にかならず通る足の消毒槽《しょうどくそう》には、しめった木の葉がたまっていた。雨が降りはじめた。水のない五十メートルプールはいつもよりずっと大きく見えた。このプールが水でいっぱいになるまでには、どのくらい雨が降らないといけないんだろう？　それからわたしは飛び込みプールにたどりついた。わたしたちの飛び込みプールほど大きくはないけど、深さは同じだ。そこも空っぽだった。空っぽで誰もいない。

カルラはここで見つかると、わたしはかたく信じていた。もしかして、飛び込み台の上？　わたしは飛び込み台に向かった。立ち入り禁止の赤と白のビニールテープが風に揺れている。体をかがめてテープの下をくぐり抜けた。ぬれた階段はヌルヌルして滑りやすかった。けれども滑りやすい階段を上るのがわたしの人生だ。わたしはあっという間に三メートルの台の上にいた。だれもいない。前にいって見おろすと、水のないプールはさらに深く見えた。それからもっと上にあがった。五メートルの飛び込み台の上にもカルラはいなかった。七・五メートルまであがった。

そこにカルラは座っていた。背中が見えた。飛び込み台のまん中に。幸いはしっこではなかった。カルラにはわたしが来た音が聞こえていない。すぐにその理由もわかった。風がかなり強く吹いていたのだ。夏に来た時から知っていた。風なんか少しもないと思うような日でも、そこにはいつも強い風が吹いていていた。

足音を忍ばせてカルラの後ろに近づき、肩に手をおいた。「カルラ？」わたしはささやいた。

カルラはおどろかなかった。すくなくとも、そんなそぶりは見せなかった。やっぱり足音が聞こえていたのかもしれない。カルラは何もいわなかった。

「ここで何してるの？」

「すわってるの」

「雨が降ってるのに？」

「五分前からよ」

「お母さん、心配してるよ」

「そうね」

「そうね？」

「そうね、知ってる」

「どうして知ってるの？」

「考えたらわかる」

ときどきカルラが本当に憎らしくなる。なんてひどい返事だろう？

「でも、どうしてここに？」カルラの話し方がうつった。カルラがちゃんとした文章で話さないから、わたしも同じようになる。

「ここはすてきよ」カルラはいった。

すてきとはほど遠かった。ふたりともびしょぬれで、おまけに風がピューピュー吹きつけてくる。でも、ちょっとない経験だった。わたしはこういうことがしてみたかった。雨がしぶきをあげ、あたりの建物はあかりがついていて、人びとがテレビの前のソファに座っている。みんな心地よくくつろいでいる。特別なことって心地よくないことが多い。

「わたし、考えたかったの」カルラはいった。もっと話したがっているように聞こえたのに、カルラはそこで話をやめた。

ふたたびわたしたちは黙りこんだ。早くここを離れなければ。とても寒かったし、びしょぬれだった。すぐに知らせないと、捜索願《そうさくねが》いが出されるかもしれない。

「わたし、もうちゃんと最後まで考えたの」カルラがいった。

「それで、ヤーンおじょうさまは、どんな結論を出したの？」

「彼のせいなの」

「誰が？　なんの？」わたしはきいてみた。

「インゴよ。インゴがわたしのパパを殺したの」

わたしは目をとじた。今こそ秘密が明かされるのだ。そこに秘密があるとわたしは知っていた。ふつう、だれかの父親が亡くなったら死因が話題になるのに、カルラの父親については、誰も何もいわなかった。体育学校のマーヤ――スピードスケートの選手だ――の父親も亡くなっていたが、ガンだったことは誰もが知っていた。ガンはふつうのことだし、誰のせいでもない。インゴはいったい何をしたんだろう？　カルラは頭がおかしくなったんだろうか？　わからない。わたしは黙っていた。ほかにどうしたらいいのかわからなかった。風が強くなって嵐《あらし》のようになり、土砂降《どしゃぶ》りになった。

「帰ったほうがよくない？」わたしは最後にいった。これ以上は耐えられそうもなかった。

「どこへ？」

「家へよ」

意外にもすなおにカルラは立ちあがった。「そうね、帰りましょう」そこは飛び込み台の端《はし》にとても近く、一歩まちがえれば下に落ちかねなかった。わたしは素早く立ちあがって、カルラの手をつかんだ。「こっちよ！」

カルラは階段のほうを向いた。わたしはほっとして、ふたりで下におりていった。そのとき、自分が生まれて初めて飛び込み台の階段をおりていることに気づいた。最後にちらっと空っぽのプールを見てみた。そしてすぐ、わたしたちは下についた。

「どの柵《さく》を越えてきたの？」わたしはカルラにきいてみた。

カルラは藪《やぶ》の向こうを指さした。

「わたしも」わたしはいった。同じ柵を乗り越えたことがわかって、わたしはちょっと元気が出た。カルラもわたしみたいな普通の子と同じことを考えたんだ。それとも、カルラと同じことを考えたわたしのほうが、もうおかしくなっちゃってるのかも。


路面電車は運よくすぐに来た。わたしたちは向かい合わせに座った。カルラはしっかりリュックを抱きしめていた。リュックも、身につけているすべてのものと同じようにぬれていた。

カルラのお母さんのことを思い出した。「イヴォンヌに電話しないと」

「そうね」カルラはいった。カルラはふるえはじめた。

「寒いの？」わたしはそうきいて、びっくりした。わたしも寒かったけれど、それはいつものこと。カルラが寒がったことは、これまで一度もない。

カルラはうなずくと歯をガタガタいわせた。わたしはバッグから携帯を出してイヴォンヌの番号を探した。呼び出し音二回でイヴォンヌが出た。

「ナージャ？　あなたなの？」

「わたしたち、路面電車に乗ってます」

よく聞くこの台詞《せりふ》がわたしは大きらいだ。世界中で一番バカな台詞。電車に乗るとみんな同じことを携帯にむかっていう。一度なんて電車に一回乗ったあいだに十回は聞いた。でも、いまの台詞には本当に重要な情報が含まれていた。

「カ……カルラといっしょなの？」

「はい」

わたしはカルラに携帯を渡した。どうしたって、イヴォンヌはカルラの母親だし、ふたりが話し合うべきなのだ。

カルラはもちろん何も説明しなかった。イヴォンヌにも、さっきわたしにいったのと同じことしかいわない。つまり、ちょっと考えたかったのだと。

「ねえ、カルラ！」イヴォンヌの声が携帯から聞こえてきた。車内全体に聞こえたかもしれない。カルラは携帯を少し耳から離した。でも、ほかに乗客はいなかった。「すくなくともメモくらい残せたでしょう」

カルラは返事をしなかった。

「カルラ！」

「はい、ママ」

「返事ぐらいして！」

「何ていえばいいの？」

「どうして、メモを残さなかったの？」

「どのくらい遅くなるか、わからなかったの」

「カルラ、こういうときのために携帯を買ってあげたのよ」イヴォンヌの声はもう怒っていない。途方に暮れているだけだ。彼女は自分が、携帯のバッテリーをちゃんと充電できない、世界でたったひとりの少女の母親であるということが、理解できない。

わたしはカルラの肩をつついた。「おりなくちゃ。乗換駅よ」

「わたしたち、電車をおりなきゃいけないの。乗換駅だから」カルラはそういって電話を切り、携帯をわたしにもどすと、震えはじめた。さっきよりもひどく震えている。わたしは心配になった。さっきもいったけど、カルラはこれまで寒がったことがない。

わたしたちは路面電車をおり、地下通路を通ってSバーンの駅に行った。電車はなかなか来なかった。わたしはカルラよりも厚着だったし、カルラほど長く外にいたわけでもないのに、寒くなってきた。さっきカルラがいったことが頭から離れない。離れるはずもない。インゴはいったい何をしたの？　知らなきゃいけない。カルラのお父さんはいったいいつ亡くなったのかもきいてみないと。でも、そんなことできそうにない。次の次の駅でホームレスがひとり電車に乗ってきたときに、ようやくわたしは口に出してみた。だけど「いつ……？」しかいう必要がなかった。カルラはすぐに正確な日付と時刻を教えてくれた。そればかりか、お父さんのファーストネームまで。

いままで知らなかったことばかり！　カルラのお父さんがヤンという名前だったことも、いつ亡くなったのかも、やっとわかった。しかもどうやらインゴのせいでらしい。ということは、カルラはインゴをそのときから知っているんだ。

「いったい、何を……?」わたしはそうききながら、最後まで言い終える前に、今回もカルラが答えてくれるように願った。けれどもカルラは唇をぎゅっと結んだまま、ときおりくしゃみしながら震えているだけだった。わたしは両腕をカルラにまわした。そんなこと、今まで一度もしたことがなかったので、おかしな気分だったけど、カルラは抵抗しなかった。体がブルブル震えるのと、歯がガタガタなるのをがまんするので、精一杯だったんだろう。

家に着いたときには午後十一時を過ぎていた。ママはイヴォンヌから、わたしとカルラが一緒にいることをきくまで、家にわたしがいないことに気づいていなかったらしいけど、その時は興奮した様子でドアの前に立っていた。キリルはすでにパジャマを着ている。ママは説明する暇《ひま》さえ与えずに、わたしを家の中に引っぱりこんだ。そのときにはもうどっちみちわたしには説明する気なんてなかった。カルラが自分で説明すればいい!

ママはすぐにわたしをベッドに入れてくれた。そのあとで、湯たんぽをもってきてベッドに入れると、何度も同じことをいった。「いい子だから、もうお休みなさい。明日はまたトレーニングがあるんだから」

ママは次の朝になっても、学校は休んでもいいからしっかり眠って、ちゃんとトレーニングできるようにしたほうがいい、なんてバカなことをいっていた。わたしはいつものように壁をたたいて、すぐに出かけようとした。

けれども、カルラは出てこなかった。ドアを開けたのはイヴォンヌだった。青ざめた顔で、目の下に真っ黒なくまができている。「カルラは病気なの」イヴォンヌは説明した。

「風邪？」

「熱があるの。ねえ、どうしたらいいのかしら？　仕事があるの。でも、カルラを病院につれていかないといけないの」

「そんなに悪いんですか？」風邪を引いたぐらいですぐ医者に行くような人はいない。

「そうなの、なんとなくそんな……とにかく、昨日のことであなたにお礼をいいたかったの。あなたのおかげでカルラが見つかったのに」

「お礼はもういってもらいました」

「でも、ちゃんとはいわなかった」

「あれでよかったんです。わたし、カルラの友だちですから」

「それでも。あなたがしてくれたのはふつうの友だち以上のことよ。屋外プールまで探しにいくなんてこと、どうやって思いついたのかしら？」

「急に思いついただけです」

昨日の夜、わたしがカルラを空っぽの屋外プールで見つけたといったとき、イヴォンヌはとてもおどろいていた。あまりびっくりしたので、カルラが七・五メートルの飛び込み台の上にいたことはいわないことにした。そんなことを知ったら、イヴォンヌはおかしくなってしまいそうだった。

「夏には、よくいっしょにあそこに行っていたんです」わたしはそういいそえた。

「夏にはね」イヴォンヌは廊下の薄暗いあかりをじっと見つめた。まるで初めて見たとでもいうように。それから突然二歩近づいて、わたしを両腕に抱きしめた。イヴォンヌはあたたかくて気持ちがよかった。ママよりもずっと。

わたしに？

学校では誰もが「カルラは？」と声をかけてきた。とくにヨーンはいろいろ聞いてきたけど、わたしは何も答えなかった。かわいそうなヨーン！

授業が終わったあと、プールまでキックボードで走った。つい最近もひとりで走ったことがあったのに、今日はまるで体の一部をなくしてしまったような、とてもへんな気もちがした。なくした一部はどんな機能をになっていたのだろう？　その部分をなんと呼んだらいいのだろう？　カルラはわたしをほんの少しだけ飛ばせてくれる翼のようなものだったのだろうか？　それとも、わたしに世界を歩くための道を示してくれる、小さなランプのようなもの？

なくした部分のことをあまり考えずにすむように、その日はいつもとちがうことばかりした。いつもとちがう道を、ずっと速く走ったせいで、息切れがした。プールの建物のドアを開けるときも、いつものように自動ボタンを押すのではなく、手で押した。だけど、自販機の前ではいつものように立ちどまった。大好きなフリット。もっと好きなミルキーウェイ〔ふわふわのチョコホイップをチョコレートでコーティングしたお菓子〕。食べたかったけど、何も買わないことにした。

「おい、見ろよ！」うしろで声がした。マーロンだった。「これ、コンドームまで売ってるぞ！」マーロンは八十二番の商品を指さした。

「ほんとだ」その声にもわたしは聞きおぼえがあった。アルフォンス。アルフォンスはコンドームの箱をもっとよく見ようと膝《ひざ》をついた。「本物だぜ！　新品だよな？」そういいながら、アルフォンスはわたしの方を見た。

わたしは真っ赤になり、さらに赤くなった。「なんで、わたしにきくの？」

「だって、ここの自販機といえばきみだろ？」

「わたしが？」

全員が声をあげて笑った。

わたしがひどく恥ずかしがっていることに、アルフォンスは気づいた。「ご……ごめん……そんなつもりじゃなかったんだ。ただ……」どう続ければいいのか、わからないようだった。「それで、カルラはどこ？」

「熱が高いんだって」話題が変わってとても嬉《うれ》しかった。ちょうどコンドームの隣に妊娠検査のキットがあるのが目に入ったからだ。

「熱？」アルフォンスがいった。

「ええ、病気なの」

わたしたちは先に進んで、窓口のそばの入場ゲートについた。窓口の女の人に連盟会員証を見せると、「どうしたの、今日はひとり?」ときいてきた。

「はい、今日はひとりです」わたしはそういった。今日は嘘《うそ》をつかずにすんだことが嬉しかった。カルラは本当に病気だったからだ。


いつも通り地下の九番の更衣室に行った。今日もロージのお母さんが来ていた。ロージはまた泣いている。むりもない。以前なら眠っていてもできるような飛び込みまで、こわがるようになってしまったのだから。今のロージにとって飛び込みの練習は地獄にひとしいだろう。はじめのうちはわたしもロージと何度か話をしてはげましたけど、なんの役にもたたなかった。今ではわたしたちは距離をとっている。まるで感染症がうつるのを恐れているみたいに。このままこれがつづいたら、ロージは学校をやめるかもしれない。

ロージはすすり泣きながら、水着の肩紐《かたひも》をいじっている。

「ロザリア、五歳の子どもみたいなまねをしないの」ロージのお母さんがいった。そろそろ、がまんの限界みたいだ。

ロージは従順に水着をひっぱりあげた。

「あれからもう何週間もたつのよ」ロージのお母さんはお説教をつづけている。「そろそろちゃんとできるようにならないと!」

「何のことかわからない」ロージはしゃくりあげている。「もう飛び込みなんかできない」

「もちろんできるわよ。誰にでも起きることなの。最後にはその恐怖を克服して再出発できる」

「でも、わたしにはできない！」ロージは大声でさけんで、ベンチにくずおれた。イザベルはその間に着替えをすませていた。わたしは突っ立ってロージ親子を観察していた。そのうち静かになったので、わたしはその間にいつものロッカーに行こうとした。でもわたしはためらった。だめ、あのロッカーは使いたくない。そこでまた一三〇四番を使うことにした。カルラが来なかった日に一度だけ使ったロッカーだ。

「ところで、カルラはどこ？」イザベルが沈黙をやぶった。ロージはまっすぐ前を見ている。ロージのお母さんは神経質そうに指のマニキュアをいじっている。

「病気なの」

「病気？」ロージが目をあげた。その情報は、悲しみのふちからロージをひっぱりあげたようだった。飛び込み台の女王でさえ病気になるという事実がなぐさめになったのかもしれない。ロージのお母さんも似たようなことを考えたのか、こういった。「わかったでしょ？」

けれどもロージは肩をすくめただけだった。

ロージのお母さんはハンドバッグをつかんだ。ママはいつもロージのお母さんのバッグをうらやましがっていた。以前、まだトレーニングについていきていたころ、ママとロージのお母さんはバッグの話ばかりしていた。グッチやドルチェ&ガッバーナ、プラダやベルサーチ。

「ママ、まだ行かないで！」ロージはお母さんの空いているほうの手にしがみついた。けれどもロージのお母さんはそのときにはもう厳しい顔になっていた。「行ったほうがいいの、ロージ。みんなが何て思うかしら」

もちろんみんなそれぞれ思っていることがあった。たとえば、わたしは、ロージはやめるだろうと思っていた。もしかしたら、今日や明日ではないかもしれない。でも、来週中にはきっと。

「カルラはどこ?」シェンク先生がわたしたちにきいた。ロージは涙をふいて、元気よく見せようとしている。

「カルラは熱で休みです」わたしはいった。

「熱? バカな」

バカ? 何をいってるの? カルラの熱はバカなことどころか、とても心配なことだ。シェンク先生だって知ってるはず。わたしはそう思ったけど、すぐにわけがわかった。

「今日、新聞社の人が来るの」シェンク先生は説明した。

イザベルが耳をそばだてた。「新聞社?」

「若手のスポーツ選手を紹介するシリーズよ」

わたしは肩をすくめた。うちの親は新聞を読まない。パパが週に一度ニュース雑誌を買うだけ。

シェンク先生は考えこんでいる。「熱が出たって?」シェンク先生はわたしの方を向いた。

「はい、でもそれ以上のことは知りません」わたしはいった。

シェンク先生はあごをなでた。わたしは先生をじっと見た。先生はいつもとても身だしなみがいい。化粧も服装もアクセサリーも。「最近カルラはどうしたのかしら。急に気分が悪くなって、トレーニングを早めに切り上げたこともあったし……ナージャ、何か心当たりがない?」

どう答えればいいかわからなかった。もちろん、心当たりはある。それ以上だ。けれども、そんなことは話せない！　さいわいシェンク先生はもう話しはじめている。「新聞社の人たちは若い女子選手の写真を撮影したいんだそうよ。今、カルラがいないとなると……あなたがカルラの代わりに飛んで……」

イザベルは目を大きく見開いた。シェンク先生の視線がちらっとイザベルにとまったから。当然だわ。わたしは思った。イザベルが一番見栄《みば》えがする。ブロンドの長い髪と明るい青い瞳。

「……ナージャ」シェンク先生はそういって言葉を終わらせた。

「は？」わたしはびっくりした。

「カルラの代わりに相手をして。もしかしたら、そんなに悪い考えじゃないかもね。あなた、カルラより話せるし……それに何より、ドレスデンで優勝したばかりだし」

イザベルはがっかりして、うなだれた。イザベルは有名になりたくて、いつも新聞や雑誌やテレビに出たがっている。

わたしはよほどおどろいた顔をしたのだろう。シェンク先生はこういった。「心配しないで、ナージャ。あなたが勝ちとったことよ。それに写真を何枚かとられて、短いインタビューを受けるだけなんだから。楽しみなさい」

わたしは楽しむことだってできたのかもしれない。新聞に自分の写真がのるのを見るのは、いつだってすばらしい。でも自分にはその資格がない気がした。スターはカルラだ。わたしじゃない。わたしじゃなくてロージを取材することだってできると思った。いや、ちがう。ロージはむりだ。ロージがまもなくやめることは全員が知っている。

シェンク先生は時計をみあげた。「もうすぐ来るわ。ほかのひとたちはトレーニングをはじめて。ナージャはいっしょに来なさい。わたしたちはプールに行きます」わたしはシェンク先生について飛び込みプールのあるホールに行った。

彼らはすでにドアのところに立っていた。ジーンズとTシャツ姿の男性がふたり。ひとりはサングラスをかけ、もうひとりはカメラをいくつもぶらさげている。サングラスの男性はサングラスを外して、わたしたちに挨拶《あいさつ》してから、わたしに顔をむけた。「それじゃ、きみがカルラ、我々の期待の星だね」

「いえ」わたしはいった。

「カルラが急病なので」シェンク先生が説明した。「ナージャではどうでしょうか」

ジャーナリストたちはあからさまに機嫌を悪くした。

「急でごめんなさい。カルラには、こういう申し出があるけど、写真撮影とインタビューを受ける気があるかと話しておいたのですが、突然病気になってしまって……お望みなら、延期もできます」

わたしは背中で両腕を組んでいた。そういうこと。カルラは今日のことを知っていたんだ。どうして話してくれなかったんだろう？

カメラマンが少し考えたあとで答えた。「だめだ、だめだ。延期はできません。スケジュールが完全に埋まっているので。今日すませましょう」

「はい」シェンク先生はほっとしていった。「ナージャは一番安定した飛び込み選手なんです。ドレステンで行われた競技会で優勝したばかりだし」

わたしはうなずいた。

優勝したと聞いて、ふたりのジャーナリストはほっとしたように見えた。「それじゃあ、ナージャ」とカメラマンがいった。「すぐに撮影しよう。きみの顔写真と飛び込みの写真をとりたい」

シェンク先生はふたりに向かっていった。「うまくいきますように。わたしはトレーニングを見に陸トレ室にもどらなければいけません。だいじょうぶね、ナージャ？」

わたしは黙ってうなずいた。何かへまをしそうで不安だったから、シェンク先生が残っていてくれた方がよかったのだけど。

カメラマンはカメラを出すと、わたしに質問した。「飛び込みの写真からはじめよう。どの飛び込みが一番きれいに見えるかな？」

「そうですね、カルラが一番得意な飛び込みは五一三二Dです」

「それは、どんな飛び込み？」

「一回ひねりのある前飛び込み・宙返り一回半です」

「それじゃあ、きみのは？」

「五メートルからの逆立ち飛び込み・宙返りです」

「それなら、それを見せてもらおう」

わたしはいわれたとおりにした。いままでで一番うまくいったのに、カメラマンはそのできばえに満足しなかった。

わたしは何度も飛んだ。けれどもカメラマンはやっぱり満足しなかった。理由がわからなかった。完璧《かんぺき》だったはずなのに。そこでわたしは次に三メートルから前飛び込み・宙返り一回半をしてみた。その飛び込みもうまくいったのに、カメラマンはまたもや額《ひたい》にしわをよせた。カメラマンがカメラの画面でとったばかりの写真を見せてくれた。どの写真もよくとれていたので、何が気に入らないのか、わたしにはわからなかった。わたしが悪すぎるだけなのかも。もしかしたら、前にカルラの写真を見ていて、それが頭から離れないのかもしれない。そのとき、ドアが開いてアルフォンスがホールに入ってきた。青いサメの絵が描かれた白いTシャツを着ている。わたしは鳥肌が立った。アルフォンスに見られていたら、百パーセントの力なんて出せないかも。けれどもアルフォンスは近づいてきて、わたしにほほえみかけてから、興味深そうに画面をちらっと見た。「シェンク先生に行ってみてっていわれたんだ……ひとりで困ってるかもしれないからって、ナージャ」

「とって食おうってわけじゃないさ」カメラマンはそういった。けれども、その声は、そうする寸前みたいに聞こえた。

「後ろ飛び込みのえび型は?」しばらく考えたあとでアルフォンスがいった。「それか、アウエルバッハだな。どっちも写真写りはとてもいいよ」

「そうなのか?」カメラマンはいった。

「それなら、そいつをやってみて」もうひとりの新聞記者がいった。額に汗の粒が浮かんでいる。

「えび型の静かな飛び込みのほうが、写真写りがいいんだ」アルフォンスが説明した。

「いいヒントをありがとう」カメラマンがいった。「それじゃあ、そいつをお願いするよ」

わたしは深く息を吸いこんだ。静かな飛び込みはあんまり得意じゃない。でも、アルフォンスは正しかった。完璧な後ろ飛び込みはそれだけでとても美しい。

「とても静かにだよ、ナージャ」アルフォンスがいった。アルフォンスはわたしの肩をたたいた。

「だいじょうぶさ」

「見ないで！　あなたに見られてたら、飛べないの」わたしはささやくような声でたのんだ。顔が真っ赤になるのがわかった。「そうしないと、もっと緊張しちゃう」

「ぼくのせいで？」アルフォンスはそういうとふたたび、あのすばらしいほほえみを浮かべた。

「そ、そうなの、どうしてだか、わからないんだけど」

アルフォンスはあいかわらずほほえんでいる。「いいよ、きみがそのほうがいいのなら、ぼくは見ない」

それからわたしは上にあがった。理解できなかった。どうして、こんなに緊張するの？　競技会のときのほうが、ずっとたくさん写真を撮られるのに。

わたしは飛び板の前に進んだ。下にはカメラマンが座っている。アルフォンスは顔を壁に向けて立っていた。わたしは体の向きを変えると、板の上に後ろ向きに立って両腕を伸ばし、後ろ向きにくるっとジャンプして、飛び込んだ。

うまくいった。カメラマンはさっきより満足そうに見える。「すばらしかったよ。さて、今度はさっきいってたもう一つの飛び込みをして見せて！　なんといったっけ？」

「アウエルバッハ」わたしは全然好きじゃなかった。カルラは得意で、まるで教科書みたいに飛ぶ。

わたしは急に自分をひどく無力に感じた。詐欺師《さぎし》かどろぼうになった気がする。わたしはカルラから飛び込みを盗んだのだ。

「そいつをやってみて。そうしたら、終わるから」カメラマンが大声でいった。たぶんわたしを元気づけようとしているんだ。

わたしはふたたび飛び込み台にあがった。脚が重かった。それに体全体が震えた。わたしは昨夜のカルラのことを思い出した。カルラが凍《こご》えているのを、昨夜までわたしは一度も見たことがなかった。あんなに凍えている人間を見たことだって、一度もない。それにしても、なんでわたしはカルラのことばかり考えてるんだろう?

板の前方に立って両腕をあげた。さっきもいったけど、わたしはこの飛び込みが好きじゃない。後頭部が板にぶつかりそうで、いつも不安なのだ。板の方に飛ぶのは危険だ。アウエルバッハの場合には後頭部が、伸び型の場合には額が。

だけど、そんなことをいっても何にもならない。何の役にも立たない。飛ぶよりほかに仕方がないんだ。

その飛び込みのできはよくなかった。入水《にゅうすい》のとき、水しぶきがあがったのだ。

けれどもカメラマンは大喜びだ。「すばらしい写真がとれたぞ!」

わたしは画面をのぞきこんだ。本当だ。えび型で飛びあがった直後の写真。その瞬間は完璧だった。カメラマンはそのあとで起きたことには興味がなかった。

アルフォンスがやってきて写真を見ると、よくやったというふうにうなずいた。わたしはようやく体をふくことが許された。けれどもそのあとでポートレートの撮影があった。板の上に座ってとった。「その短い髪はとてもすてきだよ」カメラマンがほめてくれた。「ぬれてても、あまりくっついてるように見えないね」

インタビューは審判員室で行われた。わたしは着替えをして白いテーブルについた。記者がわたしの向かいに座っている。わたしはまた緊張した。

「いつ飛び込みをはじめたの？」彼はわたしに質問した。

「カルラと同じで小学校の一年生のときです」

「このスポーツをはじめたのはどうして？　だって、この競技はちょっと高尚《こうしょう》だろ？」

わたしは高尚という言葉の意味を正確には知らなかった。けれども、そうだ。飛び込み競技はわたしにとっても高尚だった。「わたしたち、スカウトされたんです」わたしはそう答えた。

「わたしたち？」

「カルラとわたしです」

「ああ。それで、それから？」

「そのあとわたしたちは体験コースに行きました」

「それで気に入ったの？」

「カルラは無条件でやりたがりました。幸い家からあまり遠くなかったから」

「きみは？　きみもやりたかったの？」

「わたしはハンドボールでもいいと思っていました。でも、パパがおまえは小さすぎるっていったんです」

「今は飛び込みが楽しい？」

「カルラはいつも楽しんでます。彼女は一番といっていいぐらい上手で……」わたしはもっと話したかったのだけど、そのときこの話はまずいという気がした。すくなくとも今この場にはあまりふさわしくない。

「きみはカルラのことばかり話すけど、わたしはきみにインタビューしているんだよ」

「わたしに？」わたしはびっくりしてきいた。そのあとすぐにバカな質問をしたことが恥ずかしくなった。

新聞記者はほほえんだ。「シェンク先生は、きみが最近の競技会で優勝したといったよ。それからきみは彼女の偉大なる才能のひとりだとも」

「ええ、そう……でも、カルラが……」

新聞記者はくたびれ果てたというふうに眼《め》をぐるっと回した。わたしも疲れていた。カルラがわたしの頭から離れない。わたしはかなり混乱していた。

「きいてくれ、おじょうさん。今はきみが大事なんだ。カルラは、もしかしたら、すばらしい選手かもしれない。だけど、今カルラはいないんだ。だから今は、きみがこの競技をどんなに気に入っているか話してくれないか。何はともあれきみは週に五回もトレーニングしているんだから」

わたしは完全に混乱してしまった。そもそも飛び込みのどこが気に入っているんだろう？　なんのために放課後に週五回もプールに通って練習に励んでいるんだろう？　ほかの子どもたちは友だちと遊んだり、アイスクリームを食べたり、音楽を聴いたりしているのに。でも、その子たちが本当にアイスクリームを食べているのか、わたしは知らない。ほかの学校の生徒たちが放課後何をしているのかも。そして、本当はそういうことにはまるで関心がない。わたしがほしいのは、わたしひとりで使える部屋だけ。ほかには何もほしくない。

「トレーニングは何でもないんです」わたしは説明した。「わたしはただやるだけ。そう、ほかの人たちが……アイスクリームを食べに行くみたいに」

「それじゃあ、この競技については？　飛び込みのすばらしいところは何？」

「それは……ええっと」わたしはあの言葉を思い出そうと努力していた。「飛び込みがとても高尚なところ。それはわたしの生活を……特別なものにしてくれます」

新聞記者は何かをメモした。「でも」と彼はまた質問を始めた。「どうして、よりにもよって、この種目なの？」

わたしは肩をすくめた。「スカウトされたからです。この競技に向いているといわれたから」

新聞記者はまた何かメモした。「けれども、飛び込み競技にはきっと何か特別な……」ほとんど絶望的なようすだった。

そのとき思いついた。「飛び込みには勇気が必要なんです。きびしいけど、飛び込みの選手は飛び込むたびに、いつでも勇気がいるんです」

「眠ってても飛べる、みたいな種目はないの？　その飛び込みなら、勇気もいらないというような？」

わたしは考えた。「ただ前に落ちるだけなら。それか一メートルからの飛び込みなら。でも、それはオリンピックとか大会の競技種目には入っていません。競技種目は難しい演技だけですから」

新聞記者は何かをメモしてから、わたしの顔を見た。「それじゃあ、そろそろ終わりにしよう。インタビューに応じてくれて、ありがとう。これはとても……めずらしいインタビューだった」

「めずらしい？」

「きみがとても真剣に答えてくれたからね。たいていのスポーツ選手は決まり文句しかいわないんだ」

「どういうことですか？」

「仲間うちでだけ通じる、型にはまったことしかいわないんだよ」

どういうことかわからなかった。

新聞記者はにっこりほほえんでいった。「でも最後にもう一つだけ質問があるんだ。オリンピックに出場したい？」

「ええ」わたしはためらわずに答えた。けれどももっと何かいわなければならないような気がして、付け加えた。「もちろんです！」わたしはほんの少しのあいだ目をとじて、自分がオリンピックで金メダルを取ったところを想像してみた。こんなこと、いままで一度もなかった。金メダリストはいつもカルラだった。わたしじゃなく。

新聞記者はわたしに手を差し出した。「それなら、がんばって、勝つんだね！　そのときは、いずれにしても、サインをもらいに行くから」

飛び込み台の上の生活は非情だ。わたしはインタビューと写真撮影で疲れ果てていたのに、シェンク先生は同じ飛び込みを七回もさせた。それでもうまくいかなかったのは、どこをどうまちがえたのか、わからなかったからだ。ロージは飛ぶことができます、イザベルも下手な飛び込みばかりしている。シェンク先生はわたしたちのことを注意力散漫《さんまん》で、だらしなくて、やる気がないとなじった。「二週間後に控えたヨーロッパ・カップをどう考えているの？　イギリスから来る選手たちがライバルなのよ！　ＴＳＵマヌケ連盟のジュニアトーナメントじゃないんだからね！」シェンク先生はつづけていろいろおかしな連盟の名前をまくしたてた。ＳＣジダンダ連盟、ＳＳＣフニャアシ連盟、ＴｕＳスベッテコロンデ連盟。たぶんジョークで。それか皮肉か、当てこすりかも。それぐらいわたしにもわかる。

さんざん連盟の名前をいじったあと、シェンク先生は国際的な大会ではドイツのスポーツ選手の成績がふるわないと話した。この国では誰も努力しようとしないのよ。それから東ドイツ時代の話になり、最後には、いつもの脱線のクライマックスなのだが、中国の話になる。中国の子どもたちにとって飛び込み競技は最高の栄誉で、そのためなら何もかも投げ出すとか、中国の小さな飛び込み選手たちは学校にも通わないで、トレーニングに励んでいるのだ、とか。

先生はきっと本当に最悪の気分だったんだろう。だってそのスピーチのあと、全員が三十回も腕立て伏せをしなければならなかったのだ。

トレーニングのあと、わたしは疲れ果てて家に帰った。シェンク先生の不きげんがうつったらしく、とてもイライラしていたので、インタビューのことはママには話さないと決めた。果てしない質問ぜめにあうだけだから。これ以上取材に答えるのは、今日のわたしには無理だった。

それに、新聞の取材にだってうまく答えられた気がしなかった。もしわたしが飛び込みをしているのは、たんにプールが家から近いからだなんて記事が出たら、わたしはロージといっしょに飛び込みをやめることになるかもしれない。

けれども家には誰もいなかった。自分の不きげんと一緒にひとりでいることを許されたので、わたしはほっとした。冷蔵庫をあさってみたら、バニラヨーグルトがあった。バニラヨーグルトはすばらしい。わたしをなぐさめてくれるし、とっても柔らかくマイルドで冷たい。このコピーはきっと最高の広告になる。台所の椅子《いす》にもたれて、ちょっといい気分になりはじめたとき、カルラのことを思い出した。

立ちあがって家を出て、カルラの家の呼び鈴を鳴らした。カルラの具合をききたかったのに、誰もドアをあけてくれない。何度鳴らしても無駄《むだ》だった。ドアをたたいてカルラの名前を大声で呼んでも返事はなかった。わたしはあきらめた。

家に帰って、カルラの携帯に電話してみた。最初から無意味なことはわかっていたけど。カルラの家の電話にもかけてみたが、それも無駄だった。留守電にさえなっていない。バニラヨーグルトをもう一個出して、ゆっくり食べながら、ついさっきもう少しで手が届きそうだった、あの上きげんのはしっこをもう一度つかめないかとがんばってみたけど、だめだった。

ヨゼフ、ヨハネス、ヨナタン

やがてママが帰宅し、さらに遅れてキリルが帰ってきた。キリルは持ち物を部屋の隅っこにほうりだすと、わたしたちにきげんの悪いハローを投げつけ、冷蔵庫の牛乳パックをひっぱりだした。キリルはほとんど減っていなかった牛乳を一息で飲み干した。

「キリル」ママはため息をついた。「あんたのおかげで、一週間に牛乳が十リットルもいるわ」

「ウォッカ十リットルよりは、ましだろ」キリルがいった。キリルは時々まあまあ面白い。

「それで、カルラはどうだったの？」ママが質問した。

「いなかった」わたしはいった。

「また？」

「家にはいるはずなんだけど。だって、病気なんだから」

キリルが手に持った牛乳パックをそのまま押しつぶしたので、牛乳が床にしたたり落ちた。ママがぞうきんをとってきて拭《ふ》いた。「もしかしたら、病院かもしれないわね」

「今も？　もうすぐ七時なのに」

キリルが台所のテーブルを指でたたきはじめた。わたしはその音が大きらいだ。

「キリル！　やめなさい！」ママがしかりつけた。

キリルは立ちあがって、「パソコンでやることがある」とかなんとか呟《つぶや》きながら、台所から出ていった。ママは「あまり長くはだめよ」といった。キリルがいなくなると、台所はとても静かになった。

カルラの家の静けさがわが家に侵入してきたような気がした。

「昨日はそもそも何があったの？」ママは興味津々だ。

「何も」わたしはいった。うまい返事じゃなかった。とくにママには。「カルラ、びしょ濡《ぬ》れだった」

ママは黙ったままうなずいた。

「あとは何もなかった」わたしは説明した。

「何も？」

「ママ、わたしにだって、何が起きたのかわからないのよ」


三十分ぐらい便座のふたに座って、パパの自動車雑誌を研究していると、ママとパパがスカイプで話している声が聞こえてきた。

何を話しているか気になったので、足音を忍ばせてトイレを出ると、ふたりはけんかしていた。スカイプを使ってまでけんかするなんて。石油プラットフォームのことだ。パパが家にいないことが問題になっていた。画面の向こうで、パパは食堂のようなところに座っていた。コーラを飲んでいて、あまり趣味のよくないトレーナーを着ている。

「どうすれば気に入ってもらえるのか、わからなくなったよ、シェーニャ。失業すると、きみは文句をいう。休暇で家にいても文句をいう。そしてぼくが働いていても文句をいうんだ」

「レーナって誰なのよ？」ママは質問した。

「ぼくの上司だよ。ボーリング技師だ」

「どうして、いつも彼女のことばかり話すのかしら？」

「ぼくの上司だからだ。きみだっていつも自分の上司の話をするじゃないか」

「わたしの上司は女性よ」

「ぼくのも同じだ」

「アンドレアス！」

「シェーニャ、きみはまた疑心暗鬼になっているよ」

「そうね、でも、どうして車なんか買ったの。わたしたちは車なんかより、もう少し広い家の方がずっと必要だったのに！」

「またその話をむしかえすのか。それなら、あの車を売り払って、きみのためにマヨルカに別荘を買おう。ぼくはもっと働くはめになるけどね」

「アンドレアス！」

「簡単なことさ。休暇中もキャリアアップのための講習を受けて、クレーンのオペレーターになりさえすればいいんだから……」

誰かがパパの肩をつついた。パパはふりむいた。「ああ、ハロー、レーナ……」

ママは怒りのあまりコンセントを引っこぬくと、居間の棚からウォッカの瓶を持ってきて、ジュースのコップになみなみと注いだ。

わたしは居間のドアの前を忍び足で通りすぎて、わたしたちの部屋に入った。キリルはまだパソコンの前に座ってキーをたたいている。

「寝る」わたしはそういって上掛けを鼻まで引っぱりあげた。

キリルは何もいわなかった。だけどキーをたたく音がさっきよりはずっと静かになった。

それでも、わたしは眠れなかった。ずっとカルラのことを考えていた。とうとう起きあがって壁の穴をのぞいてみた。向こう側はまっ暗だった。

「好きなだけのぞいてろよ」キリルがいった。

わたしはベッドに倒れこんだ。何となく悪事の現場を押さえられたような気がした。

「カルラは病院だからな」キリルが説明した。

「は？　なんで知ってるの？」わたしはベッドから飛び降りた。

「今日の昼前に会ったんだよ」

「誰に？　どこで？」

「カルラとお母さんさ。階段室で」

「昼前に階段室なんかで何やってたの？」

「美術の授業が急に休講になったんだ。それで、ダチといっしょにちょっとだけ家にもどってきたら、カルラとお母さんに会ったのさ。カルラはほとんど歩けない感じだったぜ。『どうしたんです？』ってきいたら、カルラのお母さんが『カルラは肺炎なの。病院に連れていくところ』だってさ」

「それで？　どうして今頃になってから話すわけ？」わたしはきいてみた。

「話すひまなかったろ」キリルはうなった。

わたしはそれ以上追及しなかった。とにかく、今のわたしは、カルラがどこにいるか知ってる。

「どの病院に行くっていってた？」

「いいや」

「いわなかったの？」

「おい、どうして、そんなことまでおれにいわなきゃいけないんだ？　彼女の友だちはおまえだろ、おれじゃない」

「そうね。でも、じゃあなんでイヴォンヌは家に帰ってこないの？」

「知るかよ。スケジュール帳を見せてくれたわけじゃない」

わたしはベッドに寝そべった。キリルはそのあとも小さな音でパソコンのキーをたたいていた。

肺炎、病院。わたしは考えていた。どういうこと？　どれくらい悪いんだろう？　去年、数学の女性教師が肺炎で三週間学校に出てこなかった。

キリルはパソコンのキーボードをたたくのをやめなかった。わたしは毛布にもぐりこんだ。

ママがドアをあけていった。「キリル、もうやめなさい！」

キリルはたたきつづけた。

「キリル！」

「いやだ、やめない。これは学校に必要なんだ」

キーボードをたたく音より、けんかのほうがずっと耳ざわりだ。わたしは頭をあげた。「いいかげんにして。眠れないじゃない」

ママはわたしのベッドにやってきた。ウォッカのにおいがした。「カルラが心配なのね？」

「ちがうわ」わたしは嘘《うそ》をついた。カルラはわたしだけの問題だ。ママには関係ない。「眠れないだけ」

「眠りは大切よ」ママはいった。

「クトー・ホーチェット・ムノーガ・ズナーチ、タムー・マーラ・スパーチ」キリルがいった。キリルもロシアのことわざが好きだ。たくさん知りたいものは、眠りすぎてはならない。

ママは手で拒絶するような仕草をして出ていった。

わたしは仰《あお》向《む》けになって、眠ろうとした。キリルはまだキーボードをたたいている。しばらくしてキリルはいった。「どうせいつもけんかするのに、なんでスカイプなんかするんだろうな。おれにはわけがわからん。今回はなんなんだ？」

「レーナよ。パパの上司の」

「石油プラットフォームで女が働いてる？」

「そうよ。いったい何時代にいるわけ？　十七世紀？」

「十七世紀に石油プラットフォームなんてあるか。けど、思いだした。イヴォンヌはたしか聖ヨゼフ病院っていってた」

「本当に？」

「本当だよ」キリルはようやくパソコンの電源をオフにした。

イヴォンヌはその夜とうとう家に帰ってこなかった。わたしは何度も隣の音に聞き耳を立てた。キリルが眠ってしまったあともずっと。どうして帰ってこないんだろう？　病院のカルラに付き添ってるんだろうか？　それとも、インゴの家？　そっちの方がありそうに思えた。カルラはあの男がいやでたまらなくて病気になったのに、イヴォンヌはその男の家で夜を過ごしている。わけがわからない。

トレーニングは苦しかったが、いつも通り定刻に終わった。キリルよりも、ママよりもはやく家についたので、すぐにパソコンの電源を入れて、インターネットで聖ヨゼフ病院をさがした。

家からあまり遠くない。面会時間は八時まで。今はまだ五時を少し過ぎたばかり。つまり時間はたっぷりある。

ママにメモを書いて、定期券を持って家を出た。

Sバーンで数駅行って、路面電車に乗り換えると、まもなく病院が見えてきた。古い煉瓦《れんが》造《づく》りの建物で、ポーチだけが現代的だ。わたしは人生で一度しか病院に入ったことがない。おじいちゃんのお見舞いに行ったときだったけど、おじいちゃんはまもなく亡くなった。病院の入り口のホールに足を踏み入れると、あのときと同じ匂《にお》いがした。死んだおじいちゃんのことをすぐに思い出して、わたしは息をとめた。けれどもホールの真ん中までしか息がつづかなかった。急いで息を吸いこんだ。

「総合案内」と書かれた大きな矢印をたどっていくと、大きな長いテーブルに着いた。女の人がひとり座っていた。前にはパソコンが置いてある。

「こんにちは」わたしはいった。「カルラ・ヤーンはどちらの病室にいますか？」

彼女はパソコンにその名前を打ちこんだ。「残念ですが、カルラ・ヤーンという方はわたしたちの病院にはいらっしゃいません」

わたしは一歩あとずさった。

その女の人はわたしがひどく驚いたことに気づいた。「ヤーンはどういう綴《つづ》りですか？」彼女は聞いてくれた。「あるいは、誕生日の日付をいってくださったら、調べられますが？」

わたしはいった。

「ああ、お子さんなんですね。この病院には小児科はありません」

わたしはもう一歩あとずさった。キリルのバカめ。たぶんヨハネスかヨナタンをヨゼフとまちがえたのだ。いま起きたことぜんぶがどうしようもなく苦痛だった。この女の人にもひどいまぬけだと思われたにちがいない。「ああ、そうなんですか。ごめんなさい。それならまちがっていたんですね」

わたしはどうにかそういうと、まわれ右して駆けだした。


わたしは疲れ果てて家に帰った。

ママが質問した。「こんなに長いこと、どこに行ってたの？」

「どこにも」わたしはいった。

ママは手振りで拒絶を示した。顔がむくんでいる。きっと泣いていたんだ。それにたぶん二日酔いで頭が痛いんだろう。ウォッカの瓶が今朝は半分になっていた。ママはいった。「そうそう、イヴォンヌから電話があったわよ。カルラは肺炎で入院したそうよ」

もうとっくに知ってたのに、わたしはかなり驚いた顔をしたようだ。

「ナージャ、そんなに心配しないで！　肺炎で死ぬ人なんかいないんだから……少なくともドイツでは。だいじょうぶよ」ママはわたしの肩をなでた。わたしはその時はじめて、自分がどんなに疲れているかに気づいて、椅子《いす》にぐったり腰をおろした。台所のテーブルには今日もまたあのロシアの女性誌『プラネータ・ジェンシチン(女性の惑星)』がのっている。友だちが読み終えた古い号をもらってきたんだろう。右下にクセニア・サプチャークの写真がのっている。よく知らないけどロシアのセレブだ。ロシアにはドイツとは全然べつのセレブがいる。わたしから見るとドイツのセレブよりみすぼらしい。でもたぶん、見た目がどれだけみすぼらしくたって、ドイツの有名人たちよりもずっと重要人物なんだ。

雑誌をパラパラめくってから部屋にもどった。しばらくベッドのふちに腰かけていると、突然となりで声がした。

わたしは電灯を消し、ドアの鍵《かぎ》を閉めて、ベッドにあがった。もちろん穴をのぞくためだ。インゴとイヴォンヌがソファに座っている。イヴォンヌは前かがみになって、両手で頭を支えている。

「少しの辛抱だよ」インゴがそういって、手をイヴォンヌにさしだした。「薬がききはじめたら、あっという間に元気になる」

「でも、わけがわからないのよ。どうしてあの子は家出して、空っぽの屋外プールなんかに隠れていたの。ナージャが見つけてくれたのは、信じられないような奇跡なのよ。あんなところにいるなんて、夢にも思わなかった」

「あれこそが本物の友情だよ」インゴがいった。「ああいうことは、めったにあるもんじゃない」

わたしは悪い気がしなかった。どうしてカルラはあんなことをいうんだろう？　インゴはとても感じのいい人だ。感じがいいし、ごくふつう。カルラのお父さんの死に責任があるなんて、どういうこと？　ひょっとしてカルラの勘違い？　だって、当時のカルラはまだ五歳だ。きっとほとんど何も覚えていない。だいたいインゴに責任があるって、どういう意味だろう？　インゴがカルラのお父さんを殺すなんてありえない。だって、もしそうならインゴは刑務所に入っているはずなんだから。そもそも、人に何の責任があるかなんて、言い出せばきりがない。わたしだって四・九九ユーロのTシャツを買ったことがあるから、低賃金《ていちんぎん》で縫製《ほうせい》工場で働くタイの子どもたちに責任があるのかもしれない。わたしだけじゃなくて、この国の人みんな。

「とにかく、こんなふうにかくれんぼをつづけるわけにはいかないよ」インゴがつづけた。

「今はそんなことといわないで。まずカルラが元気になることが先決よ」

「だけど、もしかして、カルラがぼくのせいで病気になったのだとしたら。何か予感があってさ」

「インゴ、どうしてそんなに何でも自分に引きつけて考えるの？　カルラの病気はあなたには関係ない」

「でももし関係があったら？」インゴはこだわった。

「インゴ、もしも、カルラの病気の原因がそもそもウィルス以外に何かあるとしたら、それは飛び込みよ。知ってるでしょ？　わたしはもともと飛び込みを憎んでる。今でもまだ、どうしてあんなことを自分から進んでやれるのか、理解できない」

「ぼくには理解できるよ」

「なんですって？　あなたにいったい何がわかるっていうの？　カルラのことなんて全然知らないじゃない」

「きみが考えているよりも、ずっとよく知ってるよ」

その瞬間、キリルがドアをガチャガチャいわせた。「ナージャ！　あけろ！」わたしが返事をしないでいると、キリルはドアを揺さぶりつづけた。「ナージャ、頭がおかしいのか？　すぐにあけるんだ！」

わたしはベッドからとびおりてドアに走り、鍵をひねると、できるかぎりの大声でさけんだ。「おかげで何もかも台無しよ！」

ドアの外でキリルがママにいった。「あいつ、完全に狂っちまったみたいだよ」

ママはロシア語で答えた。「人はみな、それぞれのやり方で狂っている」

まるで人が変わったみたいだ

わたしは教室に入った。今日は火曜日。火曜日には英語が二時間あるだけで、あとは昼までトレーニングだ。コーチの意見では、午前中は一番能力が引き出せるし、集中力も高いから、毎日こうだといいらしい。だけど、飛び込み以外のことも学んでおく必要がある。スポーツのキャリアが終わったあとの生活のために。

ヨーンがわたしの肩をつついた。「カルラ、入院したんだって？　どうしたの？」

「肺炎」

「ほんとうに？　具合は？」

「よくわからないの」

「それじゃあ、まだお見舞いに行ってないの？」

「どの病院に入院しているか知らないの」

「いつもあんなに仲がいいのに？」

「そうなんだけど」わたしはカルラの病院を知らないことが恥ずかしかった。まるで興味がないっていってるみたいだからだ。「聖ヨゼフ病院にいるって教えてもらったんだけど、そこにはいなかったの。聖ヨゼフ病院には小児科がないんだって」

「まさか」ヨーンがびっくりしていった。「もちろん、聖ヨゼフ病院に小児科はある。ぼくそこにいたもの」ヨーンはぐるっと体を回すと、Tシャツをあげて背中の水泳パンツのすぐ上にある、大きくて真っ赤なシミを見せた。わたしはそのシミを知っていた。みんなが知っている。

「これはポートワイン・ステイン〔先天性の血管腫。赤いあざ〕のあとなんだ。そこで取り除いてもらったんだ」

わたしは黙り込んだ。わけがわからない。もしかしたら、最近小児科が廃止されたのかも。

「ぼくのいうことが信じられない？」ヨーンが質問した。

「そんなことないわ。でも、変ね」

「ひょっとして、聞きまちがえじゃない？」

「そうね、ひょっとしたら」わたしは考え込んでしまった。そのとき英語の先生が教室に入ってきた。


英語のあとはトレーニングだった。わたしはプールまでひとりキックボードを転がした。イザベルやロージといっしょに行くこともできた。あるいはマーロンやティムと。けれども、なんとなく、そうしたくなかった。

自販機でミルキーウェイを買った。カルラが好きじゃなかったから、いままで一度も買ったことがなかったけど、わたしはミルキーウェイが好きだ。それどころか、大好きだ。

新しいロッカーに行った。一三〇四。そのロッカーにちょっぴり慣れはじめていることに、わたしは気づいた。持ち物をロッカーにつめこみ、スポーツバッグからバスタオルをひっぱりだしてシャワー室に行く。シャワー室の前の控え室に足を踏み入れたとき、トイレで話し声がした。のぞいてみると、アルフォンスと同期のイェレーナが鏡の前に立って、眉毛《まゆげ》をつつき回している。イェレーナはいった。「ねえ、教えてよ。カルラが病気だって本当？」

「本当よ」トイレから小さな声がした。イザベルだ。水が流れる音が聞こえた。

「いったい、なんの病気よ？　カルラはいままで一度だって病気にならなかったのに」

「たしか肺炎だって」

「ええ！　エカテリーナが話してたけど、グループの女の子がやっぱり肺炎になったって。結局治りきらなくて、最後は競技をあきらめなくちゃいけなかったそうよ」エカテリーナはイェレーナの姉で、新体操の選手だ。

「本当に？」イザベルが聞いた。「そんなに悪い病気なの？」

「ええ、でも、ロシアの話よ。しかも十五年も昔の。ドイツはもっと医学が進んでいるから、きっとだいじょうぶ」

「そうなのかしら。そういうこと、わたしはうとくて」イザベルがいった。「ナージャでさえ正確なことは知らないのよ」

ふたりがトイレから出てきたので、わたしはシャワー室の仕切り壁に隠れた。

「変ね。ふだんあんなに仲がいいのに」イェレーナがいった。

「でも、ナージャが勝ってからは……だいたい、カルラって変じゃない？　ナージャがなんでカルラと友だちでいられるのか、理解できない。カルラなんて、ナージャを利用しているだけよ」

「その通りよ。あの二人変よね。わたしは思うんだけど、ナージャは……」

そのあとでイェレーナが何をいったかは聞けなかった。イェレーナとイザベルが更衣室にもどって、ドアを閉めたからだ。

わたしはしばらく仕切り壁の後ろに立ったまま、シャワーヘッドから水がしたたり落ちているのを眺めていた。五秒ごとに一つ、新しいしずくができる。もたれたタイルの壁が冷たかった。わたしの人生は盗み聞きでできていた。いつも、いたるところで盗み聞きをしている。どうして、突然こんなことになったの？　カルラの悪口を聞くのは苦痛だった。わたしのことをどういうか聞かずにすんだのが、せめてもの救いだった。「ナージャは……」のあと何をいいたかったんだろう？　ナージャは見くびられている？　ナージャはいつも思いあがっていた？　それとも、ナージャはすぐにやめるだろう？

わたしは首をふった。あのふたりは何もわかっていない！　何ひとつ。カルラのことも、わたしのことも。

わたしは何くわぬ顔で更衣室にもどった。

「ああ、ハロー、ナージャ」イェレーナはちょっとおどろいたような、だけど、しらばっくれた表情でそういった。「もう来てたの。ちょうどカルラの話をしてたのよ。何か新しいニュースはない？」

「ないわ。残念だけど」わたしは答えた。

「残念。でも、お見舞いには行ける？」イザベルが聞いた。

「どの病院かさぐりだせたらね」わたしの口調は意図したよりも少しきつくなってしまった。イザベルなんてカルラが生きている間は絶対お見舞いになんか行かないはず！

「ああ」イザベルはいった。その声もやはりとげをふくんでいた。「ひょっとしてどこに入院しているのか、知らないの？」

わたしはうなずいた。ふたりは、まるで世界一薄情で冷酷な人間を見るような目でわたしを見た。


陸トレのあいだ、わたしは元気が出なかった。そこでも、ひそひそ話がはじまっていた。ロージは来なかった。英語の時間には、わたしの前の列に座っていたのに。イザベルもイェレーナもこそこそ話をしていた。最後には、どこに行っても、ロージはお母さんといっしょに校長先生に会っているという噂《うわさ》を耳にした。いいことには思えなかった。

ようやく飛び込みプールに行ける時間になったとき、わたしは嬉《うれ》しかった。汚れみたいにわたしの体にくっついたひそひそ話や噂話をすべて、きれいさっぱり洗い流せるからだ。

公共のプールに行くと、プールに入るまでのどのドアにも、体全体を徹底的にきれいに洗うように書いてある。でも、わたしは飛び込み選手が(競泳選手も)トレーニングの前にシャワーを浴びるところなんて、一度も見たことがない。シャワーを浴びるのは、もちろん、トレーニングが終わったあとだ。いつでも最初の飛び込みが一番嬉しい。陸トレで熱くなった体を冷やすのが気持ちがいい。

わたしは一メートルの飛び込み板に立って、弾《はず》みをつけた。少し柔らかすぎたので、ローラーを回してダイアルを調整してから、もう一度飛び込み板の上ではねた。どんどん高くはねた。飛び込みホールでは不文律《ふぶんりつ》があった。年上になるほど、そして、上手になるほど、長い間はねることができる。イザベルがすぐにがまんできなくなった。「ねえ、ナージャ、いいかげんに飛び込みなさいよ!」

わたしはイザベルをそのままイライラさせておいて、さらに高くはねた。そのあと、もう十分にはねたという気分になった——ちょうど、アルフォンスがイザベルの後ろに並んだ——とき、ようやく、空中に高く弧《こ》を描いて、水中に飛び込んだ。すべてがスローモーションのように感じられた。自分ですばらしく美しい飛び込みだとわかった。そして、そのとき突然もう一つわかったことがあった。入《にゅう》水《すい》のしかた。どんなふうに入水をコントロールすれば水しぶきの量が少なくなるか、まるで突然悟《さと》りを得るようにわかったのだ。それまで入水がうまくいくかどうかは偶然でしかなかった。上手に飛び込めるときもあれば、そうできないときもある。でも、突然、わたしにはわかったのだ。

水底からプールのふちをめざして泳いでいく間、わたしはそんなことを考えていた。浮かびあがってあたりを見まわすと、飛び込みを見ていたアルフォンスが、にっこりほほえんでくれた。わたしもにっこりした。それからわたしの視線は観客席に向かった。アルフォンスのほかにも、誰かがわたしの飛び込みを見ていたような気がした。ママだった。わたしが見つけたことに気づいて、ママは手をふった。

わたしは手をふりかえさなかった。ママの存在が苦痛だった。いったいここで何してるの? 火曜日の午前中は仕事じゃなかった? ママは数年前から普段のトレーニングは見に来なくなっていた。

八歳の時、ひとりでトレーニングに行った方が快適だということと、家族が観客席にいない方が気楽だということに、わたしは気づいたのだ。今、ママが観客席にいるのを見て、わたしは、わたしたちがまだ十五人の女子選手だったときのことを思い出さずにはいられなかった。誰かが「一年後には、あなたたち半分がいなくなるでしょう」といった。誰もその言葉を信じなかったけれど、一年後には正確にそうなっていた。

イザベルが板の上でとびはねている。それからアルフォンス、そのあとはイェレーナだ。ふたたびわたしは観客席を見てみた。ママはひとりじゃなかった。イェレーナのお母さんの隣に座っている。ふたりは以前もいつも隣り合って座っていた。そして、下で起きていることは何一つ見のがさなかった。家に帰ると、ママはいつも同じようなことをきいた。「あんたアメリーを見た？　アメリーはもうアウエルバッハができるのよ！」あるいは「あのO脚《きゃく》の男の子はいったい誰なの？　あんな子が飛び込みの選手になるなんて！」とか「サマンサがもう週に四回しかトレーニングしていないって、あんた知ってる？」とか「どうして、あんたたちは五メートルからしか飛ばないの？　試合のときはいつも三メートルから飛ぶんでしょ？」ママはトレーニングがだらけているだの陸トレが長すぎるだの文句をいった。それからグループ分けが不公平だとケチをつけ、トレーニング方法や飛び込み種目の選択がまちがっていると批判した。そういうことがすべて終わって喜んでいたのに、どうしてママはあそこにもどってきたんだろう？　わたしはママを無視することに決めた。

シェンク先生が、わたしたちを三メートルの飛び込み板の上に行かせた。五回か六回飛び込んだあと、シェンク先生はわたしにいった。「ナージャは、ものにしたわね。そうでしょう？」

シェンク先生が何のことをいっているのか、わからなかった。

「入水よ。まるで……」シェンク先生はつっかえた。

まるでカルラのよう、そういう言葉がわたしの頭にひらめいた。あんな入水はカルラにしかできなかった。でも、シェンク先生はそれとは別のことをいった。「まるでイルカのようだった。あれならヨーロッパ・カップに出場できる」

ヨーロッパ・カップ！　そうだった！　忘れていたわけじゃなかったけど、そのときのわたしには、考えなければならないことがたくさんありすぎたのだ。


ママとイェレーナのお母さんは、頭をつきあわせておしゃべりしていた。ほかのお母さんたちもいたけれど、おしゃべりしているのはママたちだけだ。まるで止まり木にとまっている雌鶏《めんどり》みたいな、三人のお母さんたちもいた。アルフォンスがうしろから肩をつついて、挨拶《あいさつ》してくれた。わたしはママが見ているのがわかった。いやな感じ。ママはアルフォンスとは関係ない。

「うまく飛べたね！」アルフォンスがいった。幸い、今は十メートルの飛び込み台の上だ。飛び込み台の陰になってママからは見えないはず。

もう一度話せたとき、アルフォンスはいった。「いったい何があったの？」

「えっ、どうして？」わたしはわたしの水着をひっぱった。水着がずれたんだと思った。

「とてもいい入水だったからだよ。こっそり練習したの？」

アルフォンスが気づいてくれた。わたしをずっと見てたってこと？「いいえ、そうじゃないんだけど」わたしはいった。

「きみの入水はまるで……」

カルラみたいっていうんだろうとわたしは思った。けれど、アルフォンスはこういった。「まるで人が変わったみたいだ」

わたしはまたもや顔が熱くなった。それでなんとかつぶやいた。「ア、アルフォンスが最後じゃないよ。そんなふうにいってくれたの……」わたしはそこで言葉につまってしまって、さらに顔を赤くした。うぬぼれているみたいに思われないだろうか？「ええっと……わたしがいいたかったのは、最初じゃない……つまり、シェンク先生が……」

「きみのいうとおりだ」アルフォンスがわたしをさえぎった。「ぼくはきっと最後のひとりじゃないよ」

それからアルフォンスはわたしを置き去りにすると、もっと上にあがっていった。

わたしは震えながら三メートルの板にあがった。

その日最後の飛び込みは完全な失敗だった。アウエルバッハ宙返り・一回半の入水のときに背中で大きな水しぶきをあげてしまったのだ。背中が燃えるように熱かった。でも、わたしはそのことで何となくほっとしていた。

温水プールにアルフォンスがいて、「痛かった？」ときいてくれた。最後の飛び込みのことだ。

「だいじょうぶよ」

アルフォンスは泳いでよってきた。温水プールはとても小さい。たぶん二×三メートルくらい。座って休めるようにタイルで段が刻んである。水温は三十四度。本当に凍《こご》えそうなときは、あまり役に立たないけど、一番の長所は、手すりから完全に身を乗り出さないかぎり、観客席から見えないことだ。

アルフォンスはわたしの背中に手を置いた。「まっ赤じゃないか」

お願い、アルフォンス。ずっとそのままにして。心のなかでそう願っていたのに、アルフォンスはもう手をはなしていた。その代わり、すぐそばに腰をおろしたので、膝《ひざ》がふれあった。そのあとアルフォンスは少し奇妙なことをいった。「カルラがいないときのほうが、きみは感じがいいね」

「どうして?」

「わからないけど、カルラといっしょのときはいつも、どういったらいいのかな……そう、何かに隠れて身を守ってるみたいだった」

わたしの胸は興奮のあまりドキドキしていた。カルラを悪くいわれるのはいやだった。でも、アルフォンスが隣にいるのは、とってもすばらしい。

「じゃあ、いまのわたしは何かに隠れて身を守っているようには見えない?」

「そうだよ。とくにお母さんの目が届かないところではね」

「えっ、知ってたの! ママににらまれなかった?」

アルフォンスは恥ずかしそうに笑った。「その通り。たぶん、何か感じたんだろ」

「何を?」

「そうだね。ぼくがきみを……そう……感じがいいって……思っていることを」

そのあとアルフォンスはさらにわたしに近づいた。そして突然唇でわたしのほほに触れた。すぐそばで水音がした。マーロンが温水プールに飛び込んできたのだ。浮かびあがるとすぐにマーロンはいった。「あれ？　何か見のがした？」


午後はふたたび授業だった。ヨーンがやってきて、「わかった」といった。

「何が？」

「ネットで調べたんだ。聖ヨゼフ病院は二つある。たぶんちがうほうに行ったんじゃないかな」

「ほんとに？」わたしは濡《ぬ》れた髪をぐしゃぐしゃにしながらいった。

「どの病棟のどの部屋かもわかるよ」

「どうやって調べたの？」

「電話して聞いたのさ」ヨーンは誇らしげに病棟と病室の番号を教えてくれた。

わたしは彼の顔を見た。「お見舞いに行く？」

ヨーンは真っ赤になった。「そうしていいのか、わからないんだ」

わたしにもわからなかった。


夕方家に帰ると、すぐにママが聞いた。「最後のあれはなに？」

「一回半アウエルバッハよ」

「それくらいわかるわよ。どうしてあんな下手くそな入水をしたの？」

これがママだ。十回つづけてほぼ完璧《かんぺき》な飛び込みをしたあとでも、一回の失敗を永遠に責めつづける。ママのいつものやり方だ。

「ねえ、ママ、あれは本当にむずかしい技なのよ。一度も失敗しちゃいけないの？」

「そんなことといってないわよ。失敗してもいいの。ぴったりのすてきなことわざだってあるのよ、知ってる？　ナ・アシープカフ・ウーチャッツァ」

ああ、ママのロシアのことわざ！　ほんとに神経にさわる。ドイツにも同じ言い回しがあるものがほとんどだ。そして残念なことにそのことわざはたしかに正しかった。失敗は成功のもと。

ママはもう先をつづけている。「それから、あのアルフォンス、たしか、ヨーロッパ・カップに出ていたわね、ちがう？」

「そうよ……出ていたわ」

「イェッセほど、うまくないわね」

「そうよ。でも、イェッセは別よ」

「どうして、イェッセは別なの？」

「うますぎるもの」

「人はいつも最上をめざすべきよ。プローフ・トート・ソルゲート・カトールイ・ニェ・ホーチェット・スターチ・ゲネラーローム」

「わかってるわよ、いい兵隊はいつも将軍になることを夢見ている……」今日はたくさんロシアのことわざが出てくる。イェレーナのお母さんと半日をすごしたからだ。だけど、つぎの質問は意外だった。「あのアルフォンスって子は、たしか女優の息子じゃなかった？」

わたしは肩をすくめた。

「アナベル・エーレンベルクとか何とかいう？」

知ってるなら、どうしてきくの？　ママはとっくにインターネットで検索ずみだ。

「それで？」ママはさらに詮索《せんさく》した。

「それでって、なによ？」

「ハンサムな子ね」

「もちろん。飛び込みの選手は全員ハンサムよ」

そういってわたしは台所を出た。廊下の電話が点滅していた。

イヴォンヌからの留守電だった。わたしに「見舞いはどうか思いとどまりくださるように」とたのんでいる。カルラの具合が悪すぎるからだそうだ。何度そのテープを再生してみても、わけがわからなかった。なんでこんなに気取った話し方をするんだろう？　まるで見知らぬ他人に話してるみたい。

カルラのことが心配すぎておかしくなっちゃったんだろうか？

牛乳がない

翌朝、牛乳がなかった。昨夜十時ごろにキリルが最後の牛乳パックをパソコンのところに持ってきて、飲みほしてしまったのだ。

わたしはすっかり参ってしまった。わたしのおなかは朝はコーンフレークと牛乳しかうけつけないのだ。「牛乳がないわ」わたしはママにぼやいた。

「どうして？」

「昨日の晩、キリルが飲んじゃったのよ」

パパがいないあいだは、何もかもママが買ってこなければならない。車がないママには重労働だ。とくに飲み物は悩みの種だ。「牛乳がないわ、キリル」ママはいった。「ナージャは朝はどうしても牛乳がいるのよ」

「で？　ナージャの問題だろ」

「ちがうわ、あんたが悪いんでしょ。夜の間に牛乳をみんな飲んじゃだめよ」

「おれのせいじゃないよ。飲んだっていいはずだろ。それにパン屋で買えるじゃないか」

「それはそうよ」ママはいった。「でも、あそこで買うと、高いの。二倍もするんだから」

キリルは頭をかきむしった。脂性《あぶらしょう》なので、毎日髪をあらわないと、サラダドレッシングを一瓶ぜんぶ頭にかぶったようになる。だいたいもともとが油っぽいのだ。Tシャツはしわしわで汗まみれ、チェック柄のバミューダパンツは膝《ひざ》までたれさがっている。最近ではふくらはぎにまで黒い毛が生え、あごにはニキビができている。

「もういい。ばからしくなってきた」わたしはそういうと、ママがいつも電車賃の小銭をしまっておく小箱から二ユーロ硬貨を一枚取りだしてポケットにいれた。それから、小箱のそばにあった家の鍵《かぎ》をつかんだ。「牛乳を買ってくる」

「わたしのお金で？」ママがきいた。ほかにもまだ何かいいたそうな顔をしていたけど、手をふって拒絶の身振りをしただけだった。

「この家じゃ最低限の食料まで自分で買わなきゃいけないのか？」キリルが文句をいった。わたしはママの返事はきかずに、急いで家を出た。

下のパン屋でシュレーゲルのおばさんに出会った。おばさんの娘のシルヴィーはどこかの学校に通っている。幼稚園のとき、わたしたちは大親友だった。でも、やがてカルラが引っ越してきて、飛び込みもはじまった。わたしはシュレーゲルのおばさんの感心と嫉妬《しっと》の的《まと》だった。いつも飛び込みの進歩具合を聞いて、最後にこう付け加えるのだ。「ナージャは本当にすごいわね。わたしの小さなシルヴィーはスポーツがとても苦手なの。だけど、そのかわりギターを習っているのよ」習っている楽器は会うたびに変わる。今おばさんは新聞スタンドを指さしていた。「もう見た？　あなた、今日の新聞に大きくのってたわよ」

「ええ？　今日⁉」喜ぶべきなのかどうか、わからなかった。あのインタビューの記事ならきっとひどいものにちがいない。

「そうよ、とてもすばらしい記事だった！」シュレーゲルおばさんはいった。

「もう読んだんですか？」

「もちろんよ。まだ読んでないの？」

「うちは新聞をとってないから」

「それなら、買っていきなさい」

わたしは自分の手を見た。二ユーロ硬貨があたたかくなっている。「お金が足りないわ」

「どうぞ」おばさんは一ユーロ硬貨を押しつけた。「売り切れちゃいけないから……」

「ええ……でも……」

「いつでも、ついでのときに返してくれればいいんだから。それに一度遊びに来なさいよ。シルヴィーもきっと喜ぶわ。今は横笛を習っているの」

「ええ……でも……」そのときにもまだわたしは、そのお金を受け取ったほうがいいのか、わからなかった。ママはお金を借りるのが嫌いだ。

「とっておきなさい！」シュレーゲルのおばさんは硬貨を差し出した。

「ありがとうございます」わたしは受け取った。「ほんとにありがとうございます」

「いいのよ」おばさんはもう一度わたしに手をふると、行ってしまった。

わたしはパン屋の冷蔵庫から一番安い牛乳を取り出し、新聞といっしょにカウンターにおいた。

エレベーターを待つ間に新聞をめくってみた。二十二面に大きく引き伸ばされた写真があった。完《かん》壁《ぺき》なえび型で空中に飛び出しているわたしの写真。わたしはほっとした。すくなくともその写真はひどくなかった。

わたしはスカウトされただけというのが大見出しだった。その見出しは写真とはちがって、かなり気まずかった。**十二歳のナージャ・ミュラーは飛び込み女子選手の日常を物語ってくれた**というのが小見出し。これはまあまあね。

エレベーターが降りてきて、わたしは上にあがった。

「何を持ってるの？」ママが新聞を見て質問した。

「あの記事がのってるの」

「何の記事？」

ママに何もいってなかったことを、そのときわたしは思い出した。「ああ、最近新聞記者の人がやってきて、写真を撮られたり、インタビューされたりしたのよ」わたしはたいしたことではないというように心がけた。

「本当に？　何もいわなかったじゃない」

「忘れてたのよ……カルラのことがあったから」この言い訳には説得力があった。

ママはその言い訳を受け入れた。でも、別のことに気づいた。「お金は？　足りなかったんじゃない？」

「シュレーゲルのおばさんが一ユーロ貸してくれたの」

「なんですって？　あの人が？」

「そんなに悪いこと？」

「返しに行ったら、絶対にまた才能に恵まれた娘の話を何時間も聞かされるに決まってるのよ。今は何を習ってるって？」

「横笛」

ママはわざとらしく、出てもいない額《ひたい》の汗をぬぐうふりをした。「まあ！」

「わたしもそういったわ」

ちょうどその時、キリルが洗いたての髪で洗いたてのTシャツを着て台所に入ってきた。「見て、キリル！」ママは大きな声でいった。「おまえの妹だよ！　新聞にのっているんだよ。わたしのナデシュダが！」ママは新聞をひろげて、キリルにわたしの写真を見せた。

「本当だ」そういった瞬間、感嘆した表情がキリルの顔をかすめた。「チェスは、どうやったって、こんなにきれいには見えないからなあ」キリルにしてみれば、これ以上のほめ言葉はない。

「でも、本当にこんなことをいったの？」ママはまたわたしのほうを向いていった。

「何を？」

「わたしはスカウトされただけ……だって、これが理由じゃなかったでしょう……」

「そうだったじゃない」

ママは額にしわをよせた。「おまえは、どうしたって飛び込みに行ったわよ。わたしは新体操をす

すめたけど、だめ、だめ、新体操はだめって悲鳴をあげたのよ！　どうしても飛び込みに行きたいっ

ていったわ」

「ちがうわ。わたしはハンドボールがやりたかった」

「ハンドボール？」ママはきいてきた。「どうしてハンドボール？」

「ハンドボールにも、わたしはスカウトされてたのよ」

「本当……？　そんなことなかったわよ、ハンドボールなんて！」

「思い出してよ！　ふたりとも反対したじゃない。パパはハンドボールには身長が足りないって。

ママはハンドボールは女の子向きじゃないって。それなら、まだ飛び込みのほうがましだって、ママ

はいったのよ」

「わたしが？　そんなことというわけないわ。わたしはスピードスケートっていったはずよ」

わたしはため息をついた。スピードスケートなんて、話題にものぼらなかったし、そもそも六歳か

らはじめるのは遅すぎる。自分の記憶ちがいなのに、ママはしつこかった。でもわたしには時間がな

かった。大急ぎで牛乳パックを開けてコーンフレークにかけた。

食べながら大急ぎで記事を読んだ。カルラの名前が一度も出ていない。なぜ？　わたしはカルラの

ことばかり話したのに。どうして記者の人は無視したんだろう？　カルラという存在がむりやり消さ

れたような気がした。まるで死んでしまったみたいに。わたしはふやけたコーンフレークを見つめた。

ただの新聞記事じゃないの。そうわたしは自分にいいきかせた。いいかげんな新聞のいいかげんな記事にすぎないじゃないの。実際、そんなにたくさんわたしのことを書いているわけじゃない。わたしがスカウトされたこと、週に五回もトレーニングしていること、オリンピックに出たがっていること。得意種目は逆立ち飛び込み・宙返りだということ、しばしば凍《こご》えそうになること。何の意味もない。誰だって凍える。

最初の休み時間の話題はもちろん、インタビュー記事のことだった。みんながすばらしい写真だったといってくれた。イザベルだけは少し引いていた。当然だ。ねたましくて死にそうになってるはず。

「どうして、わたしたちのことは一言も出てこないの?」イザベルはそうきいた。

「そうだよ」ティムも同じように思っているようだ。「ナージャだけがスポーツ学校にいるわけじゃないって書いといてほしかったな」

なんだか不愉快だ。わたしは誰からもねたまれたくない。とくにティムなんかには。イザベルはどうでもいい。それどころか、ときどき、わたしをねたんでいるのを、いい気味だとすら思う。わたしはアルフォンスをさがした。休み時間の間ずっと、わたしは少しイライラしていた。アルフォンスは昨日わたしにキスした。それとも、わたしの思いちがい?

突然うしろからアルフォンスの声がした。「このシリーズは、いつもひとりの選手しか取りあげないんだよ。最近はアレクサの写真がのってたけど、ほかの新体操選手のことは出てなかった」

肩にアルフォンスの手がふれたのを感じたとたん、気分がずっとよくなった。もうどこからも攻撃されることはない。

話題を変えるために、わたしはきいてみた。「ところで、ロージはどこにいるの？」今日は授業にも出ていなかった。

だれも答えなかった。しばらく息苦しいほどの沈黙がつづいた。そしてイザベルがやっといった。

「まだ知らなかったの？　ロージはもう学校には来ないのよ」

わたしは息をのんだ。そんなに急に？　一度飛び込みに失敗しただけで、もう終わり？　それでおしまいなの？　「だけど……だけど……どうして？」わたしはつっかえながらきいた。

「追い出されたのよ」イザベルがいった。理解できない。イザベルはほんの少しの同情すら感じないんだろうか？　せめて「ああ、かわいそうなロージ。わたしにはそんなことが起きませんように」ぐらいは思えないの？　それどころか、イザベルはライバルがいなくなって、安全圏に入れて喜んでいるように見える。というのは、競技会に出る選手は、たいていの場合、学年で三人ずつ。わたしたちはもう、カルラとイザベルとわたしの三人しかいない。

「追い出されたんじゃないよ」アルフォンスが訂正した。アルフォンスはいい人だ。「長い話し合いの末に、両サイドが納得したことなんだ」アルフォンスはよくわかっているようだった。しかも、なんて的確に表現できるんだろう！

「けど、あの事故からまだ数週間だぜ。そんなに早くあきらめきれるかよ！　そんなに長く話し合ったとも思えない」そう反論したのはティムだった。ティムは、そのとき全員が恐れていたことをいった。体育学校では生徒たちが思っているよりも早く結論が出るのかもしれない。ある日突然、成績が良くないからやめた方がいいといわれるのかも。わたしだって、ある日校長か、コーチか誰かに呼び出されて、普通の学校に変わった方がいいといわれるんだろうと想像していた。これこそが、スポーツ・エリート校にいるみんなが一番恐れている悪夢だった。

でも、アルフォンスはもっと知っているようだった。「どうもだいぶ長く話し合ってたみたいなんだ。ロージは、去年も一度やめたがってたらしい」

「本当に？」イザベルはそういったあと、小さな声で呟《つぶや》いた。「そうじゃないかと思っていたわ」

「どう思ってたの？」わたしはきいた。

「ずっと前からやめたがっていたんじゃないかって」

「どうしてそう思ってたの？」

「そういうことってなんとなくわかるじゃない」

わたしは黙った。イザベルのいうとおりだ。わたしもやっぱり、なんとなくわかっていた。

ロージのことで心が重かった。さよならさえいえなかった。誰ひとりロージに別れを告げていない。恐ろしいことだ。やめていく人はみんな、だまって姿を消して、そのまま帰らない。

トレーニングのとき、シェンク先生とヨーロッパ・カップの演技種目を考えた。四つの種目はすぐに決まった。最後にひねりの入った種目を選ばなければならなかった。「一回半宙返り、前飛び込み、一回転のひねり付きというのはどうかしら？」

けれども、それはカルラの飛び込み、あの五一三二Dだった。「わたしがですか？」わたしはびっくりして質問した。

「どうして？　あなたなら、できる」

「でも、一度も飛んだことがないんです」

「本当に？　だけど、まだ時間ならあるわ」

いかにもシェンク先生らしい言い方だった。突然、シェンク先生のことが、どうしてもこなさなければならない、競技種目のどれかのように思えた。できるようになった幸せを感じるまもなく、すぐにまた現れて、さらに多くを求める。

シェンク先生はわたしのおどろきを見てとった。「心配しないで。すぐできるようになる。まだ二週間もあるんだから」

まったくなんて神経！　二週間なんて無いにひとしい。それなのに、シェンク先生はわたしの肩をなでて、こういったのだ。「あなたは優秀な選手なの。だから、できるはずよ」


それから練習がはじまった。前飛び込み・宙返り一回半、一メートルからのえび型、半ひねり、一回ひねり、後ろ飛び込みに半分ひねり。練習はとてもうまくいった。けど、いつでも、うまくいくのは練習だけ。本番は練習とは全くちがう。わたしは神経質になった。わたしは未知のものが怖い。そのうえ、何かよくないことをしているような気がしてならない。カルラから何かを奪っているような。しかも、カルラがいないところで。

シェンク先生がバブルマシーンにスイッチを入れた。あれこれ考えている時間はない。それにもともと飛び込みのときに考え事をするのはよくない。どこからか、アルフォンスが姿を現して、わたしにむかってほほえんだ。その瞬間、すべてのうれいも悩みも消えた。いったい、何を考えてたんだろう？　五一三二Dは誰のものでもない。すべての人のものだ。上手にやるのが禁じられているわけがない。アルフォンスはもう一度ほほえみかけてくれた。わたしは息をいっぱい吸い込んで歩きはじめた。そして、飛び込んだ。

まだこつは飲み込めない。でも、そんなに失敗はしてないはず。すくなくとも痛くはなかった。わたしはモニターを見た。ここではすべての飛び込みを撮影して、再生してくれる。悪くない！

シェンク先生はちょっとしか満足しなかった。「体をひねるのが早すぎたし、飛びあがる高さも不十分ね。すべて、やっつけ仕事だったわ！」先生はそういった。がっかりだ。どうしてほめてくれないんだろう？　最初の飛び込みだったのに。最初から完璧《かんぺき》にできるわけがないのに。

「ここよ」とシェンク先生はいって、モニターに映る三メートルの飛び板の少し上を指さした。「あなたはふつうはここまで飛びあがっているの。なのに、さっきはここまでしか飛べなかった」そういいながらシェンク先生はずっと下を指さした。「しかも板から、はなれすぎている」

わたしは三回つづけて練習したけど、少しもよくならなかった。シェンク先生は気が短くなった。

「もっと高く飛ばないといけないのよ。さっきもいったでしょう」

わたしはうなずいた。いってることはちゃんと理解できる。けど、どうしてもその通りにはできない。わたしは心の中でため息をついた。シェンク先生は甘やかされている。カルラがシェンク先生を甘やかしたのだ。カルラなら、一度注意されただけですぐに成功するだろう。でも、わたしは何度も練習する必要がある。そもそも、どうしていつもいつもすべてをそんなに完璧にしなくちゃいけないの？　飛び込みの場合そんなことを目指していたら、頭がおかしくなってしまう。オリンピック選手でさえ、審判を満足させることはない。せいぜい八、九点しかとれなくて、十点が出ることは決してない。中国人選手ですら。

でもそんなことを考えている時間はなかった。今度は宙返り・一回半の練習だ。つまり、ひねりのない飛び込み。とても高く飛びあがらなければならなかったが、四回飛んだあと、シェンク先生は満足した。それからふたたびひねりの入った飛び込みの練習がはじまった。今回飛びあがる高さは十分だった。その代わり、体をひねるのが遅すぎて、完全な一回転にはならなかった。わたしはやけになった。泣きわめけたら、どんなに楽か。どうして、シェンク先生はよりにもよって今、競技会の前に、新しい技でこんなに苦しめるんだろう？　だけど、これこそ、先生のいつものやり方だった。たぶん、どのくらい試練に耐えられるか試しているのだろう。

「今日はここまで」シェンク先生はいった。「ほかの飛び込みの練習をしてよし」

ところが、ほかの飛び込みすらうまくできなくなっていた。わたしは先生をのろった。どの種目もとてもうまくできていたのに、シェンク先生が台無しにしたのだ！　もう何ひとつうまくできない。ひとつだけはっきりしている。これはわたしがカルラの飛び込みを盗んだ罰なのだ。

トレーニングのあとで、わたしはトイレに閉じこもって泣いた。きっと三十分は泣いたと思う。泣いても何にもならないとママはいつもいう。でも、泣いたことで、わたしは気分がよくなった。鍵を開けようとしたとき、イザベルの声が聞こえた。イェレーナと話している。「今日のナージャの飛び込み見た？　みんなしくじってた」

「そうね。わたしにはシェンク先生のことが理解できない。競技会の直前に新しい技を教えるなんて」

「そうよね」イザベルがいった。「シェンク先生はわたしを選ぶべきだったのよ。ひょっとしたら、わたしのほうがうまくできる。でも、ナージャはカルラとほとんど同じくらいうまくなった。ちょっと気味が悪いくらいよ」

「なんですって？」

「カルラがいなくなってから、ナージャがとてもうまくなったこと」

水音がしたあとで、イェレーナがいった。「カルラは本当に何があったのかしら。だって、いままで一度も病気なんかしなかったのに」

「わたしもそのことを考えてたの。最近起きたことはぜんぶおかしいわよ。カルラはおかしな理由でトレーニングに来なかった。早く帰ったこともある。それから飛び込みをしくじって、試合に負けて、とうとう来なくなってしまった。肺炎だってことになってるけど、本当かどうか。とにかく、わたしはわたしの飛び込みができる。イギリスから来た選手たちだって、わたしたちより上手なわけじゃない」

「でも、イギリスの選手は、ふつう、すばらしく上手よ」

「今年はちがうんだって。だから、シェンク先生は絶好のチャンスだと思ってるみたい。先生がナージャを過大評価さえしてなければ！」

「イザベル！」イェレーナがわざとらしくイザベルをしかるふりをした。「人の失敗を喜んでばかりいちゃだめよ」

「いいえ、そんなこと一度もない。わたしはただ、わたしだって戦えると思っているだけ」

声は遠ざかっていった。待ってなさいよ、イザベル。そう、わたしは思った。目にもの見せてやる。

水面を突き抜けて

階段室でわたしはイヴォンヌにつかまった。偶然とかじゃなくて、わざわざ待っていたのだ。しかもびっくりする用件で。

イヴォンヌはすぐに本題に入った。「カルラが会いたがっているの」

「お見舞いは見あわせるべきなんだとばかり思ってましたけど？」わたしはきいてみた。

「だいぶよくなったのよ。薬がきいてきたみたいで」

「よかった」わたしは本当にほっとした。

「いつなら時間がある？」イヴォンヌはきいた。

「ええと……」本当のところ、わたしには時間がなかった。ヨーロッパ・カップのために、もっとトレーニングする必要があった。英語のレポートだって書かなきゃいけない。

「どうしても、すぐにナージャに会いたいっていってるの」

どうしても、すぐに？　わたしはためらった。けれどもイヴォンヌはあきらめなかった。

「明日はどうですか？」わたしは提案してみた。「明日はいつもより、ほんの少し早く終わります」

「いいわ。わたしが車でプールに迎えに行く。四時半ごろでいい？」

トレーニングのあと、わたしは前の日より少しきげんがよかった。なんといっても、またわたしらしい飛び込みができたし、シェンク先生がわたしと五一三二Dをそっとしておいてくれたからだ。イザベルとはひとことも口をきかなかった。ヨーロッパ・カップでは最低でもビリから二番目にはなってみせる！　その時のビリはもちろんイザベルだ！

イヴォンヌはもう待っていた。おんぼろのトヨタに乗ると、床にはキャンディーの包み紙が一センチ近く積もっていた。いたるところゴミだらけ。こんなにゴミでいっぱいの車にわたしは慣れていない。足を動かすたびに、キャンディーの包み紙がガサついた。エンジン音の方がずっと大きいので、音は聞こえなかったけど。

「どう、順調？」イヴォンヌが聞いた。

「まあまあです」わたしはこのドライブが少し怖かった。イヴォンヌと何を話せばいいんだろう？

「再来週はヨーロッパ・カップがあるんじゃなかった？」

「ええ、そうです」

「カルラはそれまでには治らないと思うわ」

わたしは眉《まゆ》をあげた。いったい、イヴォンヌは何をいったんだろう？　カルラはそんなにひどいの？

「それで、準備はだいじょうぶ?」

「ええ」

「あなたもカルラと同じくらい具合が悪そうね」

「どうしてですか?」

「ええ、と、まあまあ、しかいわないから」

「疲れているんです」それは嘘《うそ》じゃなかった。

しばらく、わたしたちは黙ったままだった。気詰まりな沈黙。わたしたちの間には、答えられないままの疑問がたくさん横たわっていた。なぜイヴォンヌは何も話してくれないんだろう? でも、そもそも、なんで話さなきゃいけないの? わたしはただの隣の家の子どもにすぎない。もしかしたら、わたしのほうからイヴォンヌに質問しなきゃいけないいんだろうか? 質問すれば、何でも話してくれるのかもしれない。インゴのことも、カルラのお父さんのヤンのことも、ほかのことも。信号待ちのときに、わたしは勇気をふりしぼって聞いてみた。「おうちのほうは何もかも順調ですか?」

イヴォンヌは首をふった。「どうして? カルラが病気なのよ」

「ほかのことは?」

「ほかのこと?」

ひどく腹が立った。だって、大人の女の人なんだから、人生で三つ大切なことがあることぐらい、わかりそうなものなのに。子どもと、仕事と、夫だ。イヴォンヌは三つのうちの一つにしか答えていない。わたしはイヴォンヌのバカみたいな「ほかのこと?」という質問を無視することにした。ばかばかしくてそれ以上会話をする気にならない。イヴォンヌはほかの大人たちと同じように臆病《おくびょう》だ。わたしはふいに、すべての大人に対して、信じられないほど強い憎しみを抱いた。興味深いことに、シェンク先生に対する憎悪がとくに強かった。どうしていつもあんなに偉そうにプールの縁《ふち》に立っているんだろう？　自分で飛び込んでみればいいのに！　そうする代わりに、先生はわたしをいじめてる。なんで、よりにもよって今、五一三二Dなんていまいましい飛び込みを習わなくちゃいけないんだろう！

ようやくわたしたちは病院に到着した。もう一つの聖ヨゼフ病院とはぜんぜん別の街区にあった。エレベーターでカルラの病棟にあがった。イヴォンヌは先に立って病棟の入り口のドアを通りぬけ、わき目もふらずに廊下の奥から二つ目のドアに向かった。そして短くノックしただけでドアをあけた。カルラはベッドに横たわって、信じられないほど青白い顔をしていた。もともと白いけど、今では真っ白なシーツと見分けがつかないくらいだ。「ハロー、カルラ」わたしは用心しながらいった。わたしの声でカルラが苦痛を感じないかと心配だった。

イヴォンヌはカルラにキスして、枕《まくら》の回りをととのえた。それから、検査するような目つきで点滴を見たあと、カルラのほほをなでながら「しばらく、ふたりにしましょう」といって、病室を出た。ドアが静かにしまった。

わたしはカルラのベッドの前に立って途方に暮れていた。スツールをひっぱってくればよかったのかもしれないけど、離れたところにあった。あまりさわがしい動きはしたくなかった。それほどカルラは弱々しく、壊れそうに見えた。ナイトテーブルには水の入ったコップがのっていて、その横にはDVDが一枚置いてあった。『ブレイキング・ザ・サーフェス』意味はなんだっけ。するとカルラが助け船を出してくれた。「水面を突き抜けるとか、そんなふうな意味よ」

とてもふつうの声だったので、わたしはほっとした。でも、カルラが会話の口火を切ってくれたことにはびっくりした。「グレッグ・ローガニス〔アメリカの飛び込み選手。モントリオール、ロサンゼルス、ソウルオリンピックで五個のメダルを獲得〕の映画よ……知ってるでしょ？」

もちろん知っている。オールタイム・ベストの飛び込み選手だ。中国人選手のほうが十倍優れているにしても。

「ママがくれたの。でも、まだ見れないの」

わたしはびっくりして黙ってしまった。カルラはこの二分間で、いつもの一日分よりもずっとたくさんしゃべった。肺炎だったというのに。しかもカルラの話はまだ終わっていなかった。

「知ってる？　入水《にゅうすい》はもともと純粋な物理学なの」カルラはわたしが話について来ているか、探るような目で見た。「水は分子《ぶんし》からできてる。飛び込みで大切なのは、その分子をできるだけ上手に押しのけて、第一に体が痛まないように、第二に水しぶきが飛び散らないようにすることなの。つまり、水面を突き抜ける《ブレイキング・ザ・サーフェス》。それで、考えたんだけど、ほかの物質だって同じことができるはずなの」

「ほかの物質？　綿とかってこと？」

「むしろアスファルトとか」

「アスファルト？」

「わたし、想像してみたの。アスファルトとかコンクリートだって水と変わらないって。分子の集まりっていう点では。だから上手に押しのけることができるはずよ。そうなったら……そうなったら……そうなったら、衝突したときには何も起きないの。わかる？」

そのことはわたしには理解できた。すくなくとも理論的には。でも、カルラは何がいいたいんだろう？　だいたい誰がカルラの会話ボタンを発見したの？

「それがひとつ」カルラはまた話しはじめた。青白いほほに赤みがさしていく。たくさん話すと健康になるのかしら？

「二つ目は」とカルラはいって、わたしを考え事からひっぱりだした。「二つ目は落下」

「落下？」

「そうなの、眠るときには突然落ちたような気持ちがするでしょ？　わたしはいつも怖かった。本当に落ちたときだって、やっぱり怖い。ジェットコースターに乗ったみたいにね。わたしは飛び込むたびに、いつもちょっぴり怖かったわ」

「ほんとう？　カルラも？」わたしはいつもそうだった。けど、カルラも同じだとは、一度も思わなかった。

「もちろん。でも、わたしが何を考えてたか、わかる？」

「わからない」

「いつも考えてたの。どうして落ちることが怖いのかって。落ちるときは、だけど何も起きないってわたしは思ってた。何かが起きるのは衝突したときだけ。だから肝心なのは衝突しないようにすること。人は永遠に落ちていくんだから。ナージャがある朝落ちはじめるとする。朝食があって、そのあと学校に行って、レポートを発表して、書いて、計算して、昼ご飯を食べて、宿題をする、トレーニングに行って、その間に何度も落ちる、落ちる。生まれてからずっと落ちつづけているの。そして、衝突とは、死ぬことなの」

「そんなこと考えてたの？」わたしはびっくりした。カルラはもともと何か考えたり、感じたりするような子じゃないと思っていた。

「その落下時間を有効に使わなきゃいけないの」カルラはつづけた。質問をさしはさむすきはなかった。「飛ぶごとに、その飛び込みにその人の全人生をつめこまなきゃいけない」

「全人生！」

「飛び込みのいいところは、下が水だってこと。だから何度でも練習できたの」

「そう、練習できる」わたしは呟《つぶや》いた。

「だから、わたしはできるようになったの」

「どういうこと？」

「わたしの人生のすべてを詰めこんだ完璧な飛び込みがいつのまにかできるようになっていたの」

「今は？」

カルラは長い間《ま》をおいてからいった。「最初、インゴがすべてをだめにしたって思ったの。インゴが姿を現したときから、飛べなくなったから」

「だけど、カルラはまだ飛び込みをやってるわ。しかも上手に」

「ふつうにしか飛べていない。気づいたの。何かがちがうことに」

「それじゃあ、ほんとにぜんぶインゴのせいなの？」

「そう、ぜんぶよ」

カルラの口調は激しかった。なんていえばいいのかわからない。どういえば、カルラを助けられるんだろう。カルラはどうしても飛び込みをつづけなきゃいけない。カルラは飛び込み台の女王なのだから。きっとありとあらゆるメダルを手に入れる。中国人選手全員を合わせたよりもずっとたくさん。わたしはそう確信していた。どこの馬の骨ともしれないインゴなんかが、すべてをだめにしていいはずがない！

「パパがバルコニーから転落したとき、わたしは五歳だった」カルラが突然いった。その声はとても小さかった。「どうして亡くなったのか誰もいってくれなかった。あれは事故だったって、みんないったわ。それ以上きかなかったのは、わたしの方がよく知ってたから。だって、わたしは見たの。あのとき、隣の家の友だちのところで、かくれんぼをしてて、バルコニーに隠れてたから」カルラが間《ま》をとった。

わたしは息をとめた。わたしは恐ろしいことはききたくないほうだ。ホラー映画を見るときだって、できれば耳に栓をしていたい。

「わたしは、パパがどんなふうに飛び降りたかを見たの……だけどわたしはそれを誰にも話さなかった。インゴがバルコニーにやってきて、パパをとめようとしたことも誰にも話さなかった。自分自身にさえ。そのあと純粋に忘れてしまった。わたしに残ったのは、完璧な飛び込みを求める願いだけ。

その人の人生のすべてがふくまれていて、たとえどんなものにぶつかっても、自分を傷つけることなく入水できるような飛び込みを」

「でもなぜインゴに責任があるの？　インゴはとめようとしたんじゃない」

「でも、とめられなかった」

背筋がこおった。

ただ、ひとつだけ本当に奇妙だと思うことがあった。わたしはどうしてもたしかめずにはいられなかった。「それなら、インゴは二つのことに責任があるのね」わたしはいった。

「二つじゃない。すべてのことよ！」カルラはくってかかった。

わたしは何かまちがったことをいってしまったらしい。カルラを傷つけるつもりはなかった。「ちがうの、ちがうのよ」わたしは急いでいった。「そんなつもりじゃなかったのよ。もちろん、インゴにすべて責任がある。でも、二つっていうのは……」

カルラは黙って唇をぎゅっとかみしめて、わたしを見た。いま考えていることをいってもいいかどうか、いっぺんにわからなくなった。でも、どうしても知りたかった。「カルラがあんなに上手に飛べたのは、きっとある意味インゴのおかげなのね……完璧な飛び込みをしたいっていう願いを持ったんだから……でも今……ええっと……カルラが二度と飛べないかもしれないことも、やっぱりインゴのせい」

「かもしれないじゃない。わたしはもう飛べないの。そして、もしもインゴがいなければ、わたしは飛び込みをはじめなかった」

わたしは首をふった。「でも、ある人が現れたり、消えたりすることとで、才能が手に入ったり、失われたりするなんて、ありえない。才能はその人自身にあるのよ。それは誰にも奪えない」

「ほんとうにそうなのか、わたしにはわからない……もしかしたら、跡形《あとかた》もなく消えてしまうこともあるかもしれない」

「そんなことないよ。そんな恐ろしいこと！」本当に恐ろしかった。カルラの才能が消えた？　しかも、永遠に？　そうしたら、カルラは何をするんだろう？　そもそもカルラに飛び込み以外のことが存在するのだろうか？　とつぜん涙がこみあげてきた。

カルラは、しかし、とても冷静だった。もしかしたらもう考えぬいたあとだったのかもしれない。カルラはわたしの手を握って「もしかしたら本当は消えていないのかもしれない」といった。わたしは息をのんだ。そうだ、もしかしたら、カルラはまだ希望を持っているのかも。あきらめるなんて許されない。

けれども、カルラは先をつづけた。「とても具合が悪かったある日、へんな夢を見たの。わたしは熱が高くて、まわりの人たちは騒いでた。ママはあちこち走りまわっていたし、看護師さんは一日に十回も点滴を調節したわ。何も心配してないのは、わたしだけだった。わたしにとってはすべてがいつも通りだったから。わたしたちはふたりでプールに行った……」

「あなたとわたしのこと？」わたしはカルラをさえぎった。

「そうよ、あなたとわたしよ。ナージャはツイックスを買った。そしてわたしはツイックスが幸運をもたらしてくれるって知ってた。するといっぺんにわたしのリュックが信じられないほど重くなった。入場ゲートについたとき、わたしにはもうできないって思った。リュックはどんどん重くなっていった。わたしは窓口の女の人に『わたしは通れません』といった。

『なぜ通れないの？』その人は不思議そうにたずねた。『だって、カードは持っているじゃない』

『リュックが重すぎるんです。わたしにはもう背負えない』

すると窓口の女の人が、わたしのリュックをおろしてくれて、中をのぞきこんだ。『あなた、いったいどうしてこんなものを全部もって歩いているの？　もう必要ないのに』

『そうなんですか？　でも、いったいどうしたらいいんです？　だって、そんなもの、簡単には捨てられない』

『それなら、友だちにあげなさい。あの子なら、それを使うことができるかもしれないから』

窓口の女の人はわたしからナージャに目をうつし、それからまた、ナージャからわたしに目をうつした。そしてちょっとイライラしはじめた。わたしたちのうしろで、ほかの人たちがゲートを通りたがっていたから。『さあ、もういいでしょう。あなたの友だちはいずれにしても、それを必要としているように見えるわ。あなたにいつも忠実だったし、いつも付き添ってくれていた』

わたしにはよくわからなかった。こんなに重いリュックが本当にすばらしい贈り物なんだろうか。でも一方で、突然、ナージャに何かをプレゼントしなきゃっていう気持ちになっていた。なぜなら……そう、なぜなら、ナージャはいつもわたしといっしょに来てくれたから。もしナージャがいなかったら、わたしはここまで来れなかったかもしれない……そして、このリュック以外にプレゼントできるものをわたしは持っていない。だから、わたしは、『それなら、これを受け取って、ナージャ』

といって、リュックを渡した。『重すぎない？』

『全然』ナージャはそういってリュックを背負った。それからゲートを通りぬけた。

「それでカルラは？」わたしは同時に暑くなったり寒くなったりした。カルラはなんの話をしているんだろう？「カルラは通りぬけなかったの？」

「もちろんよ。突然トレーニングする気がなくなってた。急にギターが弾《ひ》きたくなったの。それから部屋にいろんな色で絵を描きたくなった。サボテンを育てるのもいいわね」

なんてことだろう。カルラはふつうになりたいんだ。わたしは恐ろしかった。この世で一番すばらしいものは才能なのに。ふつうであるということは、その逆だ。みすぼらしい狭い家に住んで、節約しなきゃいけなくて、落書きだらけの安ホテルに泊まる休暇旅行でがまんしなくちゃいけない。雑誌だって、バスルームでママの女性雑誌を読むのがせいぜいになる。カルラはそんなことに耐えられるんだろうか？　自分の才能をそんなふうに簡単に捨ててしまえるんだろうか？

「目が覚めたら」カルラは話をつづけた。「わたしの具合はよくなってた。熱がさがって、何となくほっとした気分になってた」

わたしは首をふった。そんなこと、わたしには理解できない。

「けど、それはただの夢でしょ」わたしはいった。「知ってるよね。わたしだってしょっちゅう色んな夢を見る」わたしはしばしばカルラに自分の夢の話をしていた。カルラは一度も夢を見なかった。十歳になるまで、カルラは夢というものがあることすら知らなかった。

「もちろん知ってる」カルラはいった。

「それで？　その夢がぜんぶ本当だっていいたいの？　そんなの、ただの高熱に浮かされた夢よ。カルラは今は急いで元気にならなきゃいけないだけ。そうしたら、またすべてが元どおりになる」

カルラは黙っていた。わたしの言葉を信じたようすはなかった。でも、ちっとも悲しそうに見えない。むしろ幸せそうだ。だけど、こんなこと、本当のはずがない！

それからイヴォンヌが入ってきた。わたしはうれしかった。その奇妙な会話（わたしとカルラがはじめてかわした、ちゃんとした会話だった）にそれ以上耐えられそうになかったのだ。「まあ、どうしたの、ふたりとも？　すっかり疲れ果てたような顔して！　それなら、もう面会はおしまいにしましょう。カルラはまだ体が弱っているから。そうでしょう、カルラ？」

イヴォンヌはＤＶＤを手に取った。「ナージャ、これを借りてくれない？　カルラはどうせ病院にいる間は見ることができないから」

「ううん、もらって、ナージャ」カルラがいった。

わからない。カルラへのプレゼントだったんじゃないの？　だったら、カルラが最初に見なくちゃいけないのに。

「もらってちょうだい！」イヴォンヌがわたしの手にそのＤＶＤを押しつけてきた。

「あ……ありがとうございます」わたしはつぶやいた。

イヴォンヌは今は早く切り上げたいみたいだったし、カルラも十分話をして気がすんだみたいだった。わたしは別れの挨拶《あいさつ》をして、家に帰った。

その夜、わたしは目を覚ましたまま長いあいだ横になっていた。何度も何度もカルラとの会話を思い出した。とくにカルラが熱に浮かされて見た奇妙な夢のことを。キリルはパソコンに座って夢中でキーボードをたたいている。突然キリルがわたしにいった。「物理の問題！　ナージャ、ちゃんと聞けよ！　おまえはリュックをもっている。それは地球上では十二キロの質量《しつりょう》がある。月の上ではそのリュックの質量はいくらになるか？」

わたしはびっくりして目をグルッとまわした。物理！　また！　だいたい質量だなんて、バカバカしい言い回し！　重さっていえばいいのに。

そこでハッとした。リュック？　キリルは今リュックっていった？　カルラも夢の中でリュックをもっていた。そして、それを背中からおろして、わたしにくれたのだ。今ではわたしがリュックをもっている。ちゃんとわかっていなかったけど……わたしがそのリュックをもっているんなら、それならわたしは……いや、ありえない。

あんな話、ただの熱に浮かされた夢にすぎない！

「ナージャ！」キリルがわたしに注意した。「おまえにきいてるんだぜ」

「ああ、そう」わたしは上の空で答えた。どうだったっけ。月の上でも同じ？　それとも、月の上では地球上の六分の一しかない？　そうだ、いつも考えていたんじゃなかったっけ。月の上なら、宙返りするのがどんなに簡単だろうって。

わたしはいった。「二キロ」そういった後で、カルラがわたしにくれたリュックのことを思った。カルラには十二キロだったリュックが、わたしにはわずか二キロになるんなら、わたしもやっぱり小さな月なのかも。

「ハハ」キリルが勝ちほこったように笑った。「大はずれ！　質量はどこに行っても同じだ！　場所とは無関係なんだ。ハハ」

十四歳にもなって、ガキみたい。

わたしは物理には興味がなかった。けれども、心のどこかでキリルのバカな問題に感謝していた。ひとりでは決してわからなかったことが、おかげでわかった。カルラはわたしに彼女の才能を渡してくれたのだ。わたしはその才能と大切につきあっていくだろう。

世界中のすべての時間

それにつづく二週間、リュックの話はカルラが熱に浮かされて見た、混乱した夢だということにしておいた。難易度の高い五一三二Dに苦しめられて、頭がおかしくなりそうだったので、手渡された才能のことを考えるゆとりなどなかった。解決するきっかけをくれたのはアルフォンスだった。

それは木曜日だった。アルフォンスは偶然プールのふちに立ちどまったところだった。わたしたちはその週いっぱい、ほとんど顔を合わせなかった。目前にせまった試合のために、べつの時間帯に練習していたからだ。ふつう程度の難度の飛び込みのあと、難しすぎる五一三二Dをすませて、わたしが水からあがったとき、アルフォンスがいった。「そもそも、空中でなにをそんなに焦《あせ》ってるんだい？　きみがジャンプする時、世界中のすべての時間はきみのものなのに」

世界中のすべての時間！　わたしはカルラを思い出した。カルラもひとつの飛び込みのなかに自分の人生のすべてを詰めこむことができた。人は空中で本当にたくさんの時間をすごす。とにかく、体の軸《じく》を数回回転するのに十分な時間はある。

つぎの飛び込みはずっとうまくいった。ちゃんと時間をかけたから。そのときのわたしは、落ちるというよりも、むしろ飛んでいた。ようやく飛び込みが理解できた。

土曜日、八時半にプールに集合した。イギリスの選手たちは昨日から来ていた。

入場行進の音楽が鳴り響き、わたしはイェレーナとイザベルのあとから入場した。イェレーナは顔をあげ、イザベルは拳《こぶし》を握りしめている。イザベルは緊張すると、いつもそうなる。わたしも緊張していた。五一三二Dは飛べるようになっていたけど、まだ完璧《かんぺき》じゃない。五・五点じゃ足りないのよ、とシェンク先生がいった。いい気味。五一三二Dのことで、わたしはまだシェンク先生に腹を立てていた。

選手がつぎつぎに紹介された。名前を呼ばれて一歩前に出る。胸がどきどきした。わたしの年齢の選手は十一人。全員わたしより背が高い。少し体重が重いことは飛び板の上では不利ではなかった。重い方が力があるからだ。ちらっと観客席を見あげると、ママが座っていた。ママは拍手をしたり、手をふったりしている。もちろんわたしは手をふらない。朝もいっしょには来なかった。ママのおしゃべりを聞くと頭がおかしくなりそうだった。ここ数日イギリス選手の脅威の話しかしない。インターネットで検索して、動画まで見せてくる。「この選手には特に気をつけなさい」と、何度も、何度も。

わたしはわたしでイザベルから聞いた言葉をくりかえしていた。「でもイギリスの選手たちは今年はそんなに良くないんだって」

　でも、一つだけはママが正しいってわたしもわかってた。つまり、誰ひとり過小評価してはならない。

　ママはおちつかないようすで座席の上でごそごそ動いている。もちろん隣にはイェレーナのお母さんが座っている。いつもはパパが座っている。けれどもパパはメールで、帰るのは明日になると知らせてきた。あのけんか以来、ふたりはもうスカイプですら話していない。


　競技がはじまった。わたしたち最年少クラスが最初だ。わたしは最後から三番目に飛ぶことになっていた。そのあとがイギリス人選手ふたり。モリーとシャロンという名前だった。モリーは赤毛で、シャロンはそばかすだらけで濃い色の髪。ふたりとも、まじめそうで、大人びて見えた。

　最後から三番目に飛ぶということは、三番目に上手だと評価されているということだ。でも、三番目に上手だってことは、つまり、そのふたりはわたしよりも上手だってことになる。イザベルの情報はまちがっていたのだ。もちろんイギリスから来たふたりは、すばらしく上手だった。イザベルは最後から五番目。飛び込むまで十分以上あるのに、もうトレーニングウェアを脱いでいる。あいかわらず、両手はギュッと握りしめたままだ。わたしも暑い。暑すぎるくらい。でもほかの選手は全員まだトレーニングウェアを着たままだ。モリーとシャロンもそうだ。わたしは冷静でいたかった。浮き足だってるなんて絶対思われたくなかったので、トレーニングウェアは着たままでいた。

　試合がはじまった。最初は前飛び込みからだ。わたしたちの年齢では大人たちとちがって飛び込みの順番を自由に決めることはできない。最初のふたりの選手はえび型の一回半宙返りをした。とてもうまくて、六点をもらった。わたしは二回半宙返りをすることになっている。その方が難易度が高いのだ。それでも最低六点は取らなきゃいけない。わたしはほかの選手たちを値踏《ねぶ》みした。シャロンだけが試合を見ていなかった。ヘッドフォンをつけている。まるでプロ選手みたい。真っ白でかっこいいヘッドフォン……首には目もくらむほど白いハンカチまで巻きつけている。

わたしたちは円形に並んで座って待っていた。四人が飛びおわったが、全員うまい。ほとんど差がない。ほんのわずかな失敗でビリになる。いままで一度だけビリになったことがある。あれは十歳のとき、飛び板の上で足を滑らせて、宙返りする代わりにかなり無様な格好で飛び込んでしまった。そのうえまぬけなことに、指まで骨折した。だめだ。どうしてもビリなんかになるわけにはいかない。

モリーがトレーニングウェアのファスナーをおろしている。ようやくだ、とわたしは思った。ようやく上着を脱げる。イザベルは青ざめてこちこちになってベンチに座っている。わたしたちの間にはハレから来た女の子が座っている。数年前から顔は知っているけど、一度も話をしたことはない。この子は、いつでも目をそらす。名前はリーザ・ボス。何度もカルラのあとの二位につけて、わたしを退けた。気に入らない。

入場行進の前、イザベルは今朝食べたものをもどしたとわたしに話した。ときどき、イザベルがひどくかわいそうになる。朝食べたものをもどしたのに、それでも飛び込みの試合にくるなんて。そんなことわたしにはとてもできない。今度はイザベルの番だ。飛び板の上でもイザベルはまだ拳を握りしめている。笛が鳴ったあとでようやく、手をゆるめた。二回半宙返り。すごくよかった。

わたしはほっとした。わたしたちはライバルだけど、それでもチームメイトだ。モリーは神経質に指の関節を鳴らした。リーザが準備をしている。もうすぐわたしの番。

リーザの飛び込みはほんの少し水しぶきをあげた。わたしは心の中で歓声をあげ、そして、すぐにそんな自分を恥ずかしく思った。リーザは不きげんな顔で水からあがっている。わたしは上にあがった。すぐにわたしの番だ。リーザの評価はびっくりするぐらいよかった。リーザはほっとしたような顔をしている。審判員は明らかに全員きげんがいい。たったひとり一番左の人だけ、ほかの審判員よりも一点以上悪い点をつけている。でもその点数はいちばん良い点数と相殺される。

わたしはもう飛び板の上にいるのだから、本当はリーザなんかにかまけてるひまはなかった。精神を集中しなければ。でもどうしても気が散ってしまった。相手の失敗を喜ぶなんて。そのうえ愚かなことにママをちらっと見てしまった。そんなことは絶対にしちゃいけなかったのに。幸いそのとき笛が鳴った。おかげで、すくなくとも一秒か二秒は集中することができた。

けれどもそれじゃやっぱり短かすぎた。わたしも水しぶきをあげてしまった。しかもリーザのように五・五点から六点ではなく、五点から五・五点ぐらいの点数しかつかなかった。わたしはビリから三番目まで落ちた。イギリス人選手たちはふたりともうまくて、それぞれ七点前後の評価をもらった。わたしの最初の飛び込みは最低だった。

二回目はもっとうまくいった。わたしはすばらしく完璧《かんぺき》だった。八点までつけた審判員もいて、五位にあがることができた。わたしの前にはふたりのイギリス人選手と、イザベルとリーザがいる。

そのあとで一回半の宙返り・伸《の》び型《がた》が来た。この飛び込みが苦手な選手は多かったけど、わたしはちがう。ロージの事故でちょっとはビビったけど、あれからはもう時間がたっていた。でも、あれ以来ときどき、わたしは飛び込みの前にちょっとだけ妙な気持ちになる。今も少し気分が悪い。わたしの後で飛ぶモリーとシャロンのほかに、イギリス人選手がもうひとりいて、イザベルの前に飛ぶ。中国人のような外見で、名前も中国人のようだ。マイリン・ワン。マイリンはとても高く、とても美しく飛びあがった。ところが飛び板に近すぎて、飛びあがったあと、かかとが板に引っかかってしまった。いやな音がした。かなりひどい入水《にゅうすい》をしたにちがいない。観客がどよめいた。わたしはその痛みをそのまま自分の体に感じることができた。マイリンは心配になるほど長く水に潜ったままだったが、やがてすっかりこわばった顔でプールからあがってきた。かかとから血が出ている。厳しい審判員だったら、こんな飛び込みには0点をつけたかもしれないけど、前にもいったように、今日の審判員は慈悲深い。マイリンには四点ついた。一番左の審判員だけは厳しいままで、0点を出した。

わたしたちは全員ショックを受けていた。かかとを飛び板にぶつけるのは、頭を飛び板にぶつけるよりはマシだ。でも、そんな事故があると、いつでも動揺する。マイリンの治療が行われ、試合は中断された。その中断もみんなに動揺を与えた。しかももっと余計なことに、わたしは突然観客席を見あげて、パパを見つけてしまった。

なんでパパがここにいるの？　明日にならないと帰れないっていったのに。今パパは左を見て、右を見て、ようやく飛び込みプールを見おろした。それからわたしを見つけて手をふった。わたしも手をふった。パパは手に花束を持っている。それからまた左右を見まわして、ママを見つけた。ゆっくりとママに近づいていく。ママはかなり不意を打たれた様子だった。パパが花束を渡した。ママはためらいながらその花束を受け取って、ほんの少し途方に暮れている。それからママは電光掲示板を指さし、そのあとで下を指さして、わたしを指さした。ママはいま腰をおろして、花束を隣の席においた。パパは困ったように、その席を見つめている。だって、そこに座ろうと思っていたのだから。パパはその席をあけさせた。

ようやく試合再開になった。マイリン・ワンはかかとに絆創膏《ばんそうこう》を貼《は》って、わたしたちの隣の列にもどってきた。ネコの模様のかわいいハンカチを肩においている。次はイザベルの番だ。また拳を握りしめている。後ろ向きに飛び板の上に立ったときには震えているように見えたけれど、イザベルの飛び込みはとてもよかった。五・五点をもらって、ほっとしている。リーザは神経質になって失敗した。わたしは緊張していたけれど上手に飛ぶことができて、六・五点をもらった。その回が終わったあと、わたしは三位になり、イギリス人選手はふたりとも三回目の飛び込みに失敗して、あまり点差がなくなった。完璧な飛び込みができてたら、追いつけてたのに。興味深いことに、トップにいたのはシャロンじゃなかった。モリーだ。そのことが冷静なシャロンを信じられないほど怒らせたようだ。シャロンは苦虫をかみつぶしたような顔で、順番がくるまでヘッドフォンをつけたまま、両足の間の床を見つめていた。

最後から二つ目の飛び込みのあとでも、わたしはあいかわらず三位で、ふたりのイギリス人選手に肉薄《にくはく》していた。イザベルは失敗して六位になっていた。観客席を見あげると、花束はママの膝《ひざ》の上にあった。パパはママの隣に座って、ママの肩に腕をまわしている。

今はもう五一三二Dだけだ。イザベルもふくめてほとんどの選手は五二三一Dを飛んだ。モリーとシャロンとわたしだけが五一三二Dを飛ぶことになっていた。これは賭《か》けだ。わたしはアルフォンスのことを思い出して、彼のいったことを考えた。それからカルラのことを考えた。自分の人生のすべてをひとつの飛び込みに詰め込むことができたカルラ。それから、あのリュック。それ以外のことはひとつも考えなかった。わたしはもう他の人の飛び込みは見ていなかった。シャロンのバカみたいなヘッドフォンも、モリーの指の関節を鳴らす音も、リーザのうぬぼれきった顔も、もう気にならない。わたしは時間のことを考えていた。一秒のなかにある、世界中のすべての時間のことを。

それは、わたしのこれまでの人生で、一番美しい飛び込みになった。わたしは八・五点をとった。みんなが唖然《あぜん》とした。びっくりしすぎたせいで、モリーはごく平凡な飛び込みしかできなかったし、シャロンは少し水しぶきをあげた。

ほとんど信じられなかったけど、こうして、わたしは優勝した。モリーが二位。意外にも三位になったイザベルはわたしより喜んでいるくらいだった。わたしたちは抱き合って、跳びはねた。シャロンはヘッドフォンをつけて、大またで出ていった。モリーとはひとことも言葉をかわさなかった。観客席を見あげるとパパとママが手をふっていた。隣で小さな青白い姿が手をふっている。カルラだ。

カルラは本当に飛び込みをやめた。一度だけプールにきたけど、それはただきよならをいうためだけだった。

コーチ陣はもっと考えるようにすすめたけれども、カルラはことわった。トランポリンか棒高跳びをやったら？　という提案も、カルラはしりぞけた。「なら、いったい、これから何をするつもりなの？」コーチたちはカルラにきいた。

カルラは肩をすくめていった。「生きること？」 わたしにはほんの少し理解できた。

半年後にカルラは引っ越していった。インゴのいるメクレンブルクへではなく(インゴとイヴォンヌは別れたのだ)逆方向のボーデン湖のほとりへ。メールのやりとりはだんだん間遠になり、一年後には終わってしまった。それでもわたしは今でもときどきカルラのことを考える。それにカルラはいつもわたしのそばにいる。だって、わたしはカルラのリュックをもっているのだから。

訳者あとがき

本書『飛び込み台の女王』は二〇一四年度ドイツ児童文学賞受賞作です。「飛び込み台の女王」とは、無口でいつもは目立たないのに、いったん飛び込むと全員が息をのんで絶賛する少女カルラのことです。その飛び込みに「自分の人生のすべてを詰め込みたい」という心からの願いが、カルラの飛び込みに強い輝きを与えているのです。

けれども、本書の主人公はカルラではなく、友だちのナージャです。これは語り手ナージャの視点から、飛び込みという競技スポーツの世界を舞台に、二人の友情の行方《ゆくえ》とナージャの成長を描いた物語です。同時に才能についての深い洞察《どうさつ》、両親や学校の期待、挑戦するときの恐怖と不安など、どんな子どもにとっても重要なテーマが扱われています。自分が本当にしたいことを見つける物語でもあります。

ドイツ児童文学賞受賞後に、ドイツの季刊誌 Julit のインタビューで、このような世界を物語の舞台に選んだ理由を作者はつぎのように述べています。「スポーツに関する、まともな文学が存在しなかったからです。専門的に正しくて、ロマンチックすぎなくて、まじめにスポーツを描いていて、そのうえ、よく書けている本を、わたしは一冊も知りません。それを変えたかったのです」(季刊 Julit 誌二〇一四年第四号)

作者のこの挑戦がみごとに実《みの》ったことをつぎの二つの書評が証明しています。「心理的かつリアリスティックに物語るというこのような形式は、児童文学の領域にはまだあまり広まっていない。そういう意味で、この作品は高い革新的《かくしんてき》な潜在力を秘めていることになる。（中略）児童文学と青春文学の境界線上にある、巧みな構成をもつ物語である」（ドイツ児童文学賞選評）。「若い選手たちが競技スポーツによってストレスを感じると同時に自分という存在がそれによって支えられているという状況を作者マルティナ・ヴィルトナーは非常に的確に描いている。その描写は名人芸だ」（FAZ紙二〇一三年三月六日）

また、この年齢の少女を主人公にした理由を作者は同じインタビューでこう答えています。「わたしの好きな年齢は十歳から十三歳。つまり思春期前期です。その年齢の子どもたちはまだ子どもっぽいのですが、すべてを理解することができます。もっと小さな子どもたちを書く場合には制限が多すぎるのです。もっと年上の子どもたちを書くと、わたしは冷静さを保てないのです。もしかしたら、作家には、それぞれ一番しっくりする、好きな年齢というものがあるのかもしれません」（季刊Julit誌二〇一四年第四号）なんてすてきな返答。そういえば、彼女の朗読会はいつも逆立ちで始まるそうです。そんなお茶目なマルティナ・ヴィルトナーとは、いったいどんな経歴のどういう人物なのでしょう。

マルティナ・ヴィルトナーは一九六八年生まれ。ドイツ南部のアルゴイ地方出身。幼い頃から暇さえあれば絵を描いていたそうですが、大学ではイスラーム学を学び、シリアに留学。その後初心に返り、グラフィックデザインの専門学校であらためてイラストレーションを学びました。一九九八年からフリーのイラストレーターとして活動をはじめ、児童書の表紙や挿絵を描いているうちにテキストも書くようになり、二〇〇三年に二作目の『満天の流れ星』でペーター・ヘルトリング賞を受賞します。二〇一二年に本当に怖いホラー小説『身の毛のよだつ家』でドイツ児童文学賞にノミネート。二〇一四年には本書『飛び込み台の女王』でドイツ児童文学賞を受賞。二〇〇三年以来、夫と三人の娘と共にベルリンに住んでいます。

ナージャとカルラの奇妙な友情の物語はいかがでしたか？ なんだかふしぎな作品でしたね。そのふしぎさの秘密を探るために、まず手に入る限りの作品をドイツから取り寄せる一方で、作者と作品に関する情報をネットで検索してみました。すると、マルティィナ・ヴィルトナーは児童文学の書評に関しては定評のあるドイツの新聞、FAZ紙に何度も取り上げられていました。「ドイツでもっとも独《どく》創的《そうてき》で面白い児童文学作家のひとり」として期待されていること、多少の揶揄《やゆ》もこめて「形而上学《けいじじょうがく》者《しゃ》」と呼ばれていることがわかりました。

「形而上学《けいじじょうがく》」っていったい何？ そう思って『広辞苑』を繙《ひもと》くと「現象を超越し、その背後にあるものの真の本質、存在の根本原理、存在そのものを純粋思惟《しい》によりあるいは直観によって探究しようとする学問。神・世界・霊魂などがその主要問題」とありました。これを読んでやっと、この作品のふしぎさの秘密と、作者が「まだ子どもっぽいけど、すべてを理解できる年齢」の子どもを好んで描いている理由がわかりました。思春期前期の彼らの頭の中はまだ恋愛への興味に独占されていないので、彼らは旺盛な好奇心を発揮して「なぜ、なぜ」を連発し、すべてを理解できる大人並みの頭で考えることができるのです。才能について、物理について、世界の成り立ちについて。つまり、存在の根本原理について。するとふしぎな呪術的思考《じゅじゅつてきしこう》が成り立つことになります。つまり理性で解明できない因果関係に関しては、自分の行動や願いが影響を与えるかもしれないと考えるようになるのです。これこそ、ふしぎな物語が生まれ、マルティナ・ヴィルトナーが「形而上学者」と呼ばれる所以《ゆえん》のようです。

マルティナ・ヴィルトナーの第三作『ミシェルのゆううつな一日』の書評はつぎのように締《し》めくくられています。「マルティナ・ヴィルトナーの作品の登場人物の中では、子どもらしい呪術的思考が大人の生活世界と対峙《たいじ》している。そのために呪術的思考との境界領域にユーモアあふれる温かな詩情《しじょう》が生まれている。作者のこの偏愛《へんあい》を治療するのはやめたほうがいいだろう。児童文学界にとって莫大な損失になるからだ」(FAZ紙二〇〇八年六月一七日)

取りよせた本は七冊。おもに十歳から十三歳までの子どもを主人公にしたふしぎな作品ばかりで、テーマも作風も一作ごとにちがうことがわかりました。つねに挑戦する作家ヴィルトナーは今年二〇一六年には、第二次大戦末期にナチスが計画した「大西洋の壁」をめぐる家族の秘密を扱った野心作『陰鬱《いんうつ》な夏』を発表し、話題を呼んでいます。邦訳作品は今のところ『ミシェルのゆううつな一日』(若松宣子訳)と本書の二冊だけです。またいつか、「形而上学者」マルティナ・ヴィルトナーのふしぎな物語を紹介できれば幸いです。

才能に関する深い洞察とふしぎな面白さを気に入ってくださった岩波書店児童書編集部の須藤建さ

ん、すっきり読みやすく仕上げてくださってありがとうございます。また、すてきな表紙絵を描いてくださったミナリースクさん、ロシア語の発音を教えてくださった岩波書店の山田まりさんにも心から感謝します。

二〇一六年　盛夏の広島にて

森川弘子

訳者　森川弘子

翻訳家。広島大学卒業後、マツダに勤務し、ドイツ語の翻訳に従事。1981年から1982年までミュンヘン大学に留学。シュタインヘーフェル〈リーコとオスカー〉三部作、ザラー・ナオウラ『マッティのうそとほんとの物語』『落っこちた！』など、訳書多数。

飛び込み台の女王　　マルティナ・ヴィルトナー作

2016年9月15日　第1刷発行

訳　者　森川弘子《もりかわひろこ》

発行者　岡本　厚

発行所　株式会社　岩波書店
〒101-8002 東京都千代田区一ツ橋 2-5-5
電話案内 03-5210-4000
http://www.iwanami.co.jp/

印刷製本・法令印刷

ISBN 978-4-00-116412-1　　Printed in Japan
NDC 943　242 p.　19 cm